小学館文庫

2月うさぎとお茶会を

梶マユカ

小学館

✦✦ May the Grace be with you. ✦✦

目次

彼女の愛したこの世界へ、　幸せを新たに届けるために。

きさらぎのはじまり

少しだけ欠けた、今日の月の呼び名はなんだろう。

小高い山の中腹にある古民家の軒先に、真冬の冷たい風が吹き抜ける。

その風に散らかされるように、月の光が小さく跳ねる。

私、柾平《まさきたいら》は縁側に座り、空を見上げている。この冷たさは、セーターに綿入れを重ねても、老体には少々堪《こた》える。

月の明るさのせいか、今この目で捉えられる星は、オリオンの三つ星、青白いシリウス……という名前だったか、そういった有名どころの、目立つ星々ばかりだった。

「相変わらず、おまえさんの星座は見事に見えないですね」

その言葉に、私の傍らで鞠《まり》のように丸まってうたた寝をしていた、小さな白いうさぎが、不意に顔を上げた。月に照らされた赤い瞳が、ちらりとこちらを見る。

本当なら、オリオン座の下で輝いているはずの目立たない星座、私の隣の動物と同じ名を持つその星座は、月明かりに完全にかき消されてしまっている。

「月に住むうさぎの方が、星のうさぎより強いのかな……」

そう続けた私の言葉に、ぷいっとうさぎが顔を背ける。まるで「何を馬鹿馬鹿しいことを」と呆《あき》れてでもいるかのように。

「いいじゃないですか。馬鹿馬鹿しいことでもたまには喋《しゃべ》っていないと、言葉を忘れそうなんですよ。もう私もそういう歳《とし》ですからね、一応」

そっと手を伸ばして、うさぎの頭を撫《な》でてみる。白い毛並みは艶々と月の光を受け止めている。その上を滑る私の乾いて節くれ立った指に、改めて己の老いを感じて苦笑した。

「次に会うとき、こんなに年老いた夫に気づいてくれますかね、波子《なみこ》さんは」

ふう、とため息をついて、綿入れの懐からスマートフォンを取り出す。あまり機械類は得意ではなかったが、身内に持たされたのだ。孫が面白がって、色々とアプリとかいうものを設定してくれたが、そのときに、私が手帳に挟んでいつも持ち歩いていた波子さんと私の若かりし日の写真を、機械の画面にいつでも映し出されるようにしていった。それ以来なんとなく、この小さな機械をどこかに放り出しておくことができずにいる。

画面がほんのりと明るくなる。そこに浮かび上がる私たちの姿は、大学の講堂の前で撮られた二十代の頃のものだ。

まだこの頃は私の髪の色も真っ黒だな、と頬にかかる白い髪をかき上げながら、もう何度眺めたかわからないその写真の中の波子さんに視線を落とす。

当時の流行《はや》りだったミニ丈のワンピース。その小柄な細い肩に、サラサラとした黒髪がかかっている。シンプルな花の形の髪留めがひとつ、アクセントになっている。

どんな色だっただろう。彼女のこの服や髪留めは。写真を撮ったときの記憶も既に遠すぎて朧《おぼろ》げになってきている。

今は、モノクロ写真のカラー化もできるようだが、たとえそれでも、徐々に自分の中から失われつつある彼女の思い出にはきっと手が届かない。そんな気がする。

もう一度ため息をついて、私は空を見上げる。

明日で、一月が終わる。

今年もそろそろ、この家を出る準備をしなければいけない。

私と隣の白い相棒は、一年のうち二月だけは、この場所から追い出されてしまう。

本当はずっとここにいたい。けれどそれは叶《かな》わない。

なぜならそれが、彼女の最後の願いだから。

「波子さんがいなくなってから、何回目の二月になりますかね」

――何回目かなんて。

それがわかったからといってなんの慰めになるというのだろう。

彼女はもう、どこにもいない。

月明かりに満ちた夜空に向かって、亡き妻への言葉を紡ぐ私は、若い世代がよく言うらしき「痛い人」とかいうものなのかもしれないな、と思いながらも、私はこの縁側での習慣をやめることができずにいる。

そんな私の「痛い」言葉を聞いているのは、どうせこの長い耳をもった相棒だけだ。

「そういえば今日、ご近所さんからおでんをいただきましたよ。卵やはんぺんだけじゃなく、最近は変わった種もあるものなんですね。どんな種だったと思います？」

だから、自分の気が済むまで、もうここにいない彼女に語りかけ続ける。

「……食いしん坊の波子さんなら真っ先に飛びつきそうな気もしますが。そうしたら、どんな感想を言ってくれたんでしょうね。ああ、今は食べ物の感想のことを『食レポ』って言うそうですよ。面白いですね、言葉というものはどんどん変わっていく。僕らが一緒にいた頃とは、もう」

何もかもが違う、と言いかけて、私はその言葉を呑《の》み込んだ。

何もかもが違う。なんて。

それこそ、きっと違う。

違わないものがあるからこそ、彼女の願いは、この世界に働きかけ続けているのだから。

彼女が死んでしまってからも、ずっと。

一際冷たい風が吹き付けてきた。私は小さな相棒をそっと抱き上げて立ち上がる。

「そうだ。明日辺り、雪が降るそうですよ。綺麗《きれい》な雪景色になるといいですね、波子さん」


二月。彼女の遺《のこ》した「願い」が、またも動き出す。

彼女の愛したこの世界へ、幸せを新たに届けるために。

第一話　招き幽霊と愛妻家——二宮茉奈の場合

でも。今のこの選択を、たとえどれだけ後悔する未来が訪れたとしても。

その選択をした今の、この瞬間の自分のことを、これから先も自分だけはなんとか否定しないであげたいものだと思う。

ないものがある

二月はじめの、雪の降る朝。

九時半。あたたかなソイラテ入りのタンブラーを片手に、二宮茉奈《にのみやまな》が勤め先のデザイン事務所の扉を開けると、そこには白い子うさぎがいた。一羽。

正確に言うと、東側の大きな窓の近くにある彼女のデスクの椅子の上で、それは濡《ぬ》れた薄ピンク色の鼻先を、ふごふごとうごめかしていた。

席に座ろうと椅子を引いた瞬間。キャスターのきしむきゅるるるという音とともに、グレイの布張りの座面にちんまりと丸まっていた、その怪しげなもふもふの物体がするすると目の前に現れて、彼女の細い喉からは思わず、ぐお、といううめき声が漏れた。

なんだ、これは。

たっぷり十秒は、椅子の背もたれに手をかけたまま、茉奈はその白い毛玉を見つめていたと思う。

まだ他の人間が誰も出社していない事務所内は、嫌になるほど静まり返っている。

いや、本当に誰もいないの？　もしかしてこれ、誰かのペット？　誰かうっかりペット持参で出勤しちゃった？　と、茉奈は給湯室やトイレを覗《のぞ》いてみたが、やはり誰の姿もない。周りのデスクを見渡してみても、彼女が本日最初の出勤者であることは間違いないようだった。というよりも今、入り口のメインのロックを解除したのが茉奈本人である以上、彼女より前に、このフロアに入った人間はいないはずだ。

この事務所のあるビルには、他にもいくつかの小さな会社や事務所がテナントとして入っている。

そのどこかから逃げ出してきたのだろうかと首を傾《かし》げ、いや、違うと思い直す。昨晩、最後に会社を出て、施錠をしたのも自分だったはずだと。

そのときは、こんなもの、どこにもいなかった。

そもそも、外から小動物が入ってこられるような、ベランダや樋《とい》のようなものもないし、窓もすべて鍵をかけて帰ったのだ。自力では入ってこられるわけがない。

ということは。茉奈はまじまじとその物体を見る。

どっからきたのよ、これ。

うーん、と小動物を見つめて唸《うな》ること三分、このまま己のデスクの脇に立ち尽くしていても仕方がないので、とりあえず、そのうさぎを椅子からどかそうと、タンブラーを机の上に置き、茉奈はそうっとその白い毛玉を持ち上げた。

冬の空気で冷やされた指先に、少しあぶらでつやっとした、やわらかく細い毛の感触が伝わる。茉奈は小動物を扱うことにあまり慣れていない。こちらのおっかなびっくりな気分が伝わって、怯《おび》えさせてしまうのではと彼女は思った。しかし、うさぎはだらんと四肢を垂らしたまま、手の中で大人しくしている。

あらあ。やわらかい。

小学生の頃、うさぎ小屋の清掃をしたとき以来の感触だ。できうる限りそうっと、包み込むようにして持ち上げたからだから、二月の空気に冷えたままの茉奈の指先に、軽く震えが伝わってくる。

両手にすっぽりと収まるサイズのそのからだは、思いのほかみっちりと肉がつまっている。彼女がよく行くスーパーで鶏胸肉のパック、お徳用四百グラムくらいのものをひょいと持ち上げたときの感じに、それはよく似ていた。

先ほどつけたばかりのこのフロアの暖房は、まだ足元の空気まではあたためきっておらず、そのひんやりした床に、この小さなからだを下ろすのは気が引けて、茉奈はうさぎを抱えたまま自分のデスクの椅子に座った。

とりあえず、目の前のパソコンの電源を入れると、じゃーん、とも ぶぉーん、とも聞こえる、もう耳慣れた起動音が響く。その音にびっくりしたのか、デニムを穿《は》いた膝の上から、うさぎがふいと顔を上げた。

その真っ赤な目と、茉奈の視線が思いきりかち合う。義務教育の頃に彼女が学校でよく見ていたのと同じその目は、涙ぐんでいるかのようにうるんでいて、そのせいなのか、見つめていると妙にばつが悪い。

そんな露骨にいたいけな顔をしないでくれないか。

膝の上のうさぎの、あまりにも愛くるしい小動物力にひるんで、彼女が座ったまま固まっていると、不意に背後からもわん、とした低い声が響いた。

「朝から何を獣といちゃついているのかね」

「……これがそんなラブリーな光景に見えますか」

「見えないけど」

うさぎに刺激を与えぬため、極力膝を動かさないように注意しながら後ろを振り向くと、声と同じくらいにもさっとした黒い前髪の下から、眠そうな眼差《まなざ》しでこちらを見下ろす、この会社の社長である井坂樹《いさかいつき》の姿があった。

とうに中年の域に入っている年齢でありながら、どこの浪人生ですか、というような緩《ゆる》いデニムとグレーのパーカという、いつもどおりの迫力のない恰好《かっこう》で、右手に持った生クリーム過多のフローズンコーヒーにささったストローを、だらしなくくわえている。

「手、かじかみません？　この季節にその手の飲み物」

「ん、おれは体温が高いから全然平気。むしろ気持ちいいくらい」

そう言って井坂は右手にしたたり落ちる水滴を払い除《の》ける。その水滴が、茉奈の膝でもそもそ動き続けているうさぎの顔に飛んで、突然の水飛沫《しぶき》に焦ったのか、うさぎは彼女の両足の間に顔を突っ込んだ。そしてその動きに焦った彼女は思わずデニムの両足を開いてしまい、結果うさぎは床へ落ちた。その小さいからだが、椅子のキャスターにぶつかって、ばいん、という結構派手な音を立て、茉奈の喉から今度はぎゃ、という短い悲鳴が漏れた。それを見た井坂は呑気《のんき》に、

「うわ、落ちた」

「うわ、落ちた。じゃないですよっ」

うわわわわ、骨とか折れていたらどうしよう。

動物を飼ったことがない茉奈には、こういう場合に、動物がどれだけのダメージを受けるのかがよくわからない。慌ててそのからだを拾い上げると、うさぎはさっきと同じように彼女の顔を見上げる。その赤い目が余計にうるんでいるように見えるのは、茉奈の「落っことしてごめん」という罪悪感のせいなのか、それとも本当にうさぎが怪我《けが》でもしたからなのか。ごめんよごめんよと、そうっと手に持ったまま、白いからだを見まわしてみたものの、手足がうんとわかりやすく折れていたり、派手な出血で

もしていない限り、素人の彼女の目には、この小動物がどこか怪我をしているかなどわからない。

でも、震え方もなんだかひどくなっている気がしないでもないし、どうしようどうしよう、あああああ。と彼女はうさぎを手に焦りの表情で井坂を振り仰いだ。

「この辺って、動物病院とかありましたっけ」

「いや、知らないけど……。え、もしかして連れてくの？　それ。わざわざ」

その言葉を聞いた瞬間、うわーなんだこの男感じ悪い、と直属の上司でもある井坂の好感度ポイントが、茉奈の中で凄《すさ》まじい勢いで目減りした。

「……連れて行きますよ、こんな小さなものに怪我させたなんて後味悪いですもん。ていうか、なんですかその言い方。井坂さん、若干今軽蔑しました」

いいですもう、今から調べて連れて行きますから、と茉奈は机の上に大量に積んであったA４サイズの反古《ほご》の束の上に、うさぎをそっと下ろした。この間印刷に失敗して、メモ用紙にするしかなくなった紙の束だが、手触りがふかふかしているちょっと特殊な用紙なので、からだを痛めたかもしれない小動物を寝かすにはちょうどよかろう。いや、仕事のミスも意外なときに役に立つものだ、と茉奈はキーボードを叩《たた》きながら思う。

「すみません。ごめんってば。言い方が悪かった」

　その声を完全に無視して、目の前のパソコンで近所の動物病院を検索している従業員の背後で、社長が情けない声を上げる。

「井坂さんだって、自分の家の猫に対しては本当に猫かわいがりのくせに」

「だからごめんって。でもね聞いて茉奈」

　井坂は茉奈の椅子の背をつかむと、そのままくるりと自分の方を向かせた。無理やりの方向転換に、キャスターが床できしむ音がする。

「なにをするんですか。そしてわたしは茉奈ではなくて二宮です」

「まずはごめんなさい二宮さん」

「ごめんなさいで動物病院は見つかりません」

「でも、ごめんなさい。で、次に、おれの話を聞いてください」

「さっき、病院があるか知らないって言いましたよね」

「うん、だからそのことじゃなくて」

　無駄なんだって。病院に連れて行っても。井坂は言った。

「無駄？」

「そう」

「なんで」

　幽霊なんだよ。

また濡れはじめた右手を、今度は自分のデニムの尻に擦《こす》りつけながら、彼は答えた。

ほら、よく見てみてよそいつ。

言われて、反古の上でもぞもぞ動いているソレに茉奈は目をやる。やわらかそうなからだの下で、乾いた紙がかさかさと音を立てている。

あ。

彼女はデスクの照明を点《つ》け、もう一度目を凝らす。

このうさぎ、影がない。


「でもさ東郷《とうごう》、脚あったよ、あのうさぎ」

「動物の場合でも、幽霊だと脚がないのってデフォルトですか？」

「知らないけど。そもそも動物に対して幽霊って言い方はあり？」

「知りませんけど。あ、でもたしかボルゾイの幽霊の絵を描いている日本画家さんっていましたよね」

「ボルゾイって、細くてでっかい犬だっけ？　その絵、脚はあった？」

「あったような。前も後ろも」

「じゃあやっぱり、動物の場合は幽霊も脚はありなのか……」

ランチタイムの話題として、幽霊話が適切かはさておき。

茉奈の六つ年下の同僚、東郷あやかが、目の前のラグビーボールをかち割ったような白塗りの器に、勢いよく銀のスプーンを下ろす。器のサイズに反比例してこぢんまりとよそわれたチーズオムハヤシライスの、濃いめの黄色い膜が一拍おいて破れ、中から赤いチキンライスが覗く。黒に近い褐色のハヤシが、その破れた膜の中へ流れ込んでいく。

その様子に、昨晩、寝つけずにぼんやり見ていた動画サイトの映像を茉奈は思い出す。カルト的な人気を博したという、数年前のサイコサスペンスアニメの一挙放送で大量に流された、グロテスクな殺人シーンの数々。最近のアニメはTV放送版だと自主規制で血の色が黒っぽく塗られることが多い。すなわち、今目の前にあるハヤシの色は、まさにその血そのものである。

首切りだの轢死《れきし》だのって、なんだって最後まで見てしまったんだか。うううう……、と彼女が思わず軽くえずくと、オムハヤシを口におさめた東郷が「あれ、おいしくないですか、それ」と言って、茉奈の目の前の皿を顎で指した。

「ううん。じゅうぶんおいしい」

あのあと、「幽霊ってどういうことなんですか」と井坂を問いつめようとした辺りで、他の社員たちがばらばらと出社しはじめ、その隙をついて社長は「あ、おれ打ち合わせ」とあっさり説明責任を放棄して逃げていった。
そうなると、他に事情を聞けそうな人間といえば、古参の社員で年下のこいつだな
と、茉奈は東郷を遅めの昼食に誘ったのだ。
床に落ちてからすぐに、反古の上で元気に動きはじめた毛玉の姿と、その反古の上
に当然落ちるはずの毛玉の影がいつまで経《た》っても見当たらないままであること、さら
には他の社員が誰一人として、この忽然《こつぜん》と現れた毛玉へなんの反応も示さないことに、
とりあえず、これを病院へ連れて行くのは東郷の話を聞いてからにしようと思った、
というのもまた、理由のひとつである。
「あたしもよくわかんないんですけど、毎年この月になると出てくるんですよ」
「二月の幽霊？　なんか、風物詩にしては時季外れ過ぎじゃない？　それより、仮に
もあれが幽霊なら、なんでみんなリアクションがそんなに地味なの？」
「みんなもう慣れちゃってるんですよね……。悪さとかしないし。だいたいあれ、怖
いですか？」
まんまるの白い毛玉のシルエットを思い返して茉奈は首を横に振る。全く怖くない。
むしろ見てくれだけなら完全に癒し系だ。
「というか、ニノさんは今回が初めてですか？　あれ見るの」
「わたし、ここの会社に入ったの、去年の四月」

「ああ、そうかあ」

なんか、馴染《なじ》みすぎてもう三年くらい一緒にいる感じでしたよ。微妙にお世辞のような、逆に馬鹿にしているような、東郷の奇妙な言い回しが若干気に障り、茉奈はむやみに皿の中の米をスプーンでつつく。

結局、東郷の分のランチ代と引き換えにして茉奈が得た情報は、あれは毎年二月に出ること、出てくるのは一羽だけということ、くらいだった。

そもそも、あのもふもふの毛玉がうさぎかどうかも、本当は確かめようがないのだが（影がない時点で、既に違うと彼女も思うのだが）、見た目が大変にうさぎ的なものであるのは間違いないので、仮に「羽」でカウントしておこうとぼんやり考えながら、彼女は言った。

「ねえ、それって幽霊というよりは、妖怪の方が近くない？　もしくは、もうちょっとメルヘンにほら、妖精とか」

「前者なら鬼太郎《きたろう》、後者ならムーミンの世界かって感じですけどね。でも幽霊」

「なんでそこまで言い切れるのよ」

「だって」

東郷は、最後のひと口をすくったスプーンをぱくりとくわえると、こちらをちらりと見て言った。

「もともとは、うらめしや系の、正統派な幽霊が出ていたらしいんですよ、うちの事務所には。というか、あの建物には」

「正統派な幽霊……って」

「由緒正しい感じがしません？　そうやって出てくるのって、日本の幽霊として」

「由緒……」

たしかに、日本の幽霊の登場の仕方と言われれば、黙って画面から這《は》い出てくる貞《さだ》子《こ》よりは、伊《い》右《え》衛《もん》門様うらめしい……と言って戸板を返す四谷《よつや》怪談の方が、まだいくらか歴史は長いもんね、と思わなくもなかったが、それを由緒というひと言で片付けていいのかは茉奈には判断がつかない。

「で、いつからかはわかんないんですけど、うらめしや系が出なくなったのと同時に、あのもふもふが現れるようになったんだそうですよ」

「それ、いつの話？」

「さあ。あたしが入社したときには、既にもふもふしか現れませんでしたから、まあ少なくとも四年前には」

なんとも大味な説明をありがとう、という茉奈の抗議をよそに、東郷は食後のコーヒーをのほほんとすすっている。

「……え、もしかして、あれが幽霊って言われる根拠、それだけ？」

「そういうわけでもないですけど。ニノさん、もふもふに影がないの見ました？」

「見ました。けど。でもさあ」

あ、やばいですよ、時間、そろそろ戻らないと。大量のデザート付きランチをきれいに腹におさめた東郷は、幽霊話が面倒になったのか、さっさと腰を上げた。

なんだこの話の収穫のなさは、という正直な感想が思いきり茉奈の表情に出たらしく、東郷はその仏頂面を見て、ちょっと遠い目をした後、思い出したように「そうそう」と声を上げた。

「なんかあれ、人が好きみたいなんですよ。だからいつも、少しでも人の気配の多いところへ行きたがる。あの建物内でいちばん人が多いの、うちの事務所ですしね」

「だったら、お隣のでかいオフィスビルに行った方が、人は明らかにいっぱいいる気がするけど」

「地縛霊なんじゃないですか？」

「……ああ、縛られやすそうな脚もあるしね」

いや、そういう問題なのか？

ふみゃあ。

茉奈がそこそこ広めの2DKの玄関のドアを開けると、もう聞き慣れた猫の、お出迎えの挨拶が聞こえた。

ドアを閉めて、両手に抱えたスーパーの袋を下ろすのと同時に、にゅるり、とベージュの猫がそのやわらかなボディでもって、彼女の足の間に八の字を描く。

「茉奈お帰りー。遅いよもう」

部屋の奥からもわん、とこちらも聞き慣れた低い声がして、猫のトイレ砂を抱えた井坂が顔を出した。

「遅いよじゃないよ。井坂さんが受けてきた仕事でこの時間になったってのに」

「茉奈はお仕事もっとできる子でしょー」

「うるさい馬鹿」

「言葉遣いはひどいけどー」

「やかましい」

カノジョが不機嫌この上なーいー、と妙ちきりんな音程で歌う井坂の背中を追うようにして、もう通い慣れた彼のマンションに上がり込む。入社して三か月で、茉奈は彼と付き合うことになった。

この職場恋愛でいいところは、仕事中にどれだけ神経を逆撫でされるようなことがあっても、この人ののほほんとした顔を見ると毒気を抜かれるのでイライラが長続きしない、というところだろうかと彼女は思う。そして悪いところは、いついかなるときでも、仕事のことが頭から離れてくれないということか。ワーカホリック気味なところもある自分には、この付き合い方はいいんだか悪いんだか。正直悪い要素の方が多い気がしないでもないと、深夜の帰宅となるたび浮かぶ考えが、彼女の脳裏に今夜もまたよぎる。まるで、それを考えるところまでが己の仕事の一環でもあるかのように。

現在午前〇時十八分。ふと、遠くでトラックの走る音が聞こえた。

「あのさ井坂さん、あのうさぎ」

「んー、うさぎがどうかした？」

トイレ砂を換え終えた井坂は、洗った手から水滴をぽたぽた垂らしながら、茉奈の買ってきたスーパーの袋の中を覗こうとしている。

その手元に、ソファの上で丸まっていた、干した後に取り込んだままのフェイスタオルを投げて、彼女は言った。

「ねえ、全社挙げて、わたしをだまくらかしているわけじゃないよね」

「うん、流石《さすが》にうちの会社でも、そこまで暇じゃないと思う」

あ、こまどり屋のパンの耳のでっかい切り落としだー、明日はこれでフレンチトーストつくろう、ねえ茉奈、ブルーベリーとはちみつどっちがいい？　と、既に中身が明日の朝までトリップしてしまっている中年男子の頭を、茉奈は亜麻仁油とオリーブオイルの小瓶を持った両手で挟んだ。

「ていうか、採用面接のときに、あんなもんが出るなんて話は一切なかったよね」

「してないもん」

「『してないもん』……って、なにちょっと自慢げなの、ムカつく。もし、うっかりわたしがうさぎアレルギー持ちとかだったらどうしてくれたんですか。あと、極度の動物嫌いとか」

「子供の頃に犬か猫を飼ってみたかったって、面接で言ってたじゃん。それにそんとき一応聞いたよ？　動物アレルギーとかありますかって」

「……そうでしたっけ」

正直なところ、面接時の質問など毎回その場のノリで答えている彼女は、そんなやりとりがあったことすら全く覚えていなかった。

「そうでしたよ。でも、本物のうさぎじゃないから、たとえ持っってても出ないでしょ、アレルギー」

「……ていうか、本当に『うさぎじゃない』んだ……」

「うん、そういうことになってるねえ」

「そういうことって」

井坂は、手を拭き終わったタオルを風呂上がりのように首に巻くと、さっきまで自分の頭を挟んでいたオイルのボトルを戸棚にしまい、冷蔵庫を開けた。ハイボールの三百五十ミリ缶と、オレンジジュースのパックを取り出す。水切りカゴに伏せてあった、茉奈専用のマグカップの取っ手を、右手の指先にひっかけて、細長い小さなリビングに戻ってくる。

床に敷かれた毛足の長いラグの上にあぐらをかいて、スヌーピー柄のマグにオレンジジュースを注ぎながら井坂は言った。

「いいじゃん。わからないことのひとつやふたつあった方が面白いでしょ、いろいろと」

最早《もはや》なんだかよくわからないが、あのいきもの……ですらない可能性も高い物体というか存在は、あの職場において、すっかり受け入れられているようだった。

たしかに、ただもふもふと転がっているだけで、別になにか困ったことをしでかすわけでもなさそうだし、受け入れられていることに対し、彼女とて別に異議などない。ないのだけれど。そうなのだけれど。

「それにさ、もし茉奈が実はうさぎアレルギー持ちで、やっぱりこの会社には来ません、とか言われちゃったら嫌だったんだもん」

「嫌だったんだもんって……。それでもし、アレルギーの発作でわたしが死んでたら、どうしてくれたんですか」

「死ななかったからいいじゃん」

「よくないよ」

「真面目だねえ」

「真面目は関係ない。それ、わたしの命がかかってるから。井坂さんが楽天的すぎるんだよ」

「みゃあ」

猫が、茉奈の足元でひと声鳴いた。ほーら、おまえもそう思うよね、と言いながら、彼女はそのなめらかなベージュのからだを抱き上げた。

ソファに腰掛けて、膝の上に猫を下ろす。四分の一くらいロシアンブルーの血が入っているという割には、見事に全身ベージュの毛皮をまとったそれは、くるくると時計回りに二度回ると、顎先を彼女の右の太腿《ふともも》にひっかけてからだを丸めた。

そっと背中を撫でると、やわらかい毛の下で、あたたかくて弾力のある筋肉が伸びているのが感じられる。

「持ち上げたときは、それなりに重量感があるっていうか、みっしり肉がつまっているような気がしたんだけどな」

「ん、なにが？」

ハイボールのプルリングを引きながら、井坂が尋ねた。

「うさぎ。まあ、別に幽霊だからって霞《かすみ》っぽくなきゃいけないってものでもないんだろうけど」

手渡されたオレンジジュースをひと口飲むと、茉奈の凝った全身に強い酸味がすうっと広がった。

もう一度猫を撫でる。猫はぐるぐると喉を鳴らしながら、ちょっとだけからだの向きを変えて、また丸まった。やわらかいものや、あったかいものに触れていると眠くなる。彼女は軽くあくびをしながら言った。

「ふわふわしたものに癒される、ってよく言うじゃない？　あれ、なんでかな」

「やわらかいものは自分を傷つけないって、無意識で信じ込んでいるから安心するんじゃないかなあ。茉奈だって、紙モノのデザインやるときはそういうのにこだわるだろう？　今やってる案件の中にもあったじゃん、そういう癒し系の本」

「……無意識で思い込んでるから、わたしのデザイン、いまいち突き抜けないのかな」

「はいはい、こんなときにまで仕事の悩みを持ち込まない」

ほれ、こっちおいで、と井坂が腕を伸ばす。茉奈は立ち上がろうとして、膝の上で微動だにしない猫を見下ろした。

よっこらしょ、と声を出して、井坂がハイボールの缶を片手にラグからソファへよじのぼる。膝の上からそうっと猫を抱え上げて床へ下ろすと、空いたそこにそのまま自分の頭を乗せた。その瞬間に茉奈はぱっと膝を開く。バランスを崩した井坂はソファから転がり落ち、あやうく尻尾を潰されかけた猫は「んぎゃっ」とひと声叫んで、玄関の方へ逃げていった。

本気でどこか痛かったのか、なにすんだよう、と軽く涙目になっている井坂を見下ろして、茉奈は言った。

「今日、東郷に聞いたんだけど。昔はノーマルな幽霊が出てたって」

昼間に彼女から聞いた話をすると、井坂は「そんなに幽霊が気になるんだ」と、床にぶつけた頭をさすりながら、もう一度ソファによじのぼった。

うん、気になる凄《すご》く、と答えると「おれといるときは、おれに集中してよー」という、やたらスイートな台詞《せりふ》を彼は漏らした。

「だったら、集中できるような環境を作ってくださいよ早く」

「それ、能書きはいいから早く幽霊の話をしろってことかな」

「うん」

「ひどい、おれの価値はあのちんけなうさ公以下なんだー……」

まあいいけど。井坂は開き直ったのかそっちが本音なのかよくわからない声音で笑うと、身を起こした。

「一応ね、こんな言い伝えがあるんだよ。あの幽霊のバックボーン」


――彼は、不遇の幽霊だった。


「え、ちょっと待って」

北側にある寝室は、エアコンを切ると急速に寒くなる。

口元まですっぽりと埋まっていたやわらかい掛け布団を撥《は》ね除けて、茉奈は言った。

「いきなり話の腰を折るね」

撥ね除けられた布団を「寒いよー」と被りなおして、井坂は言った。

「それはごめんだけど。幽霊、男なの？」

「そう聞いてる」

「じゃあ、あのうさぎも雄なのか……」

「あ、それは確かめてない」

「……。まあいいや。続けて」

――うちの事務所のある場所には以前、学生相手の下宿屋があった。以前とは言っても、明治時代くらいだからビジュアル的には森鷗外《もりおうがい》とか、あの辺りで想像してもらえればいいと思う。

その下宿屋で彼は死んだ。で、化けて出るようになった。

「いやそこは、はしょっちゃだめでしょ。なんで死んで、なんで化けて出るようになったのよ」

「別にいいじゃん理由なんか。道ならぬ恋に破れたとかじゃないの？　そこはほら、プライバシープライバシー」

「適当すぎるでしょ……」

茉奈のため息のような抗議が、暗い部屋に浮かんで消える。それを横目でちらりと見ながら井坂は話を続けた。

——幽霊となった彼は、最初、その辺をふわふわと漂っているだけだった。

体という縛りから解き放たれて、あちこち自由に飛び回るのは楽しかった。

しかし、彼の中に日々寂しさが募る。誰にも気づいてもらえないことが、こんなにも切ないことだなんて。

そして、彼はある日、下宿屋のおかみが彼を見て悲鳴を上げたことで、自分が彼女の前に幽霊として今、姿を現しているのだと気づいた。

そうか、「うらめしやあ」と出て行けば、少なくとも「見える」幾人かには気づいてもらえる。それが嬉《うれ》しくて、彼は夜になく昼になく、自分が化けられるときはいつでも姿を現し、人を脅かし続けた。

困り果てたのは、下宿屋の主人である。昼日中《ひるひなか》にも幽霊が出る化け物宿として、市井に噂《うわさ》が広まりすぎて、この宿の肝心の借り手がどんどん減ってしまったからだ。面白がって借りたがる者も多かったけれど、そういう輩《やから》に限って、長く住み着くことはない。怯えて逃げ出すか、途切れずに訪れる見物人たちのうるささに嫌気がさして引き払うか。賃料が安ければ借りたいという声も多かったが、それでは貸す方が損になってしまう。

そこで主人は、お祓《はら》いをすることを思いつく。

そうなると今度は幽霊が困り果てる。お祓いだなんて。自分のような、ふわふわとした頼りない幽霊は、そんなものにきっと耐えきれない。お祓いされたら、多分そこまで生前悪事を働いてこなかった自分は、きっとあっさり成仏してしまう。この場から無理やり引き剝がされてしまうのは、嫌だ。かなしい。

そう思った幽霊は、ある日、宿の主人に直談判《じかだんぱん》をした。

わるいことなんかしないから、ここに置いてください。もしお祓いで成仏できたとしても、向こうでぼくを待っている人なんか、誰もいないから。

そして、主人はあっさりとほだされる。じゃあとりあえず、そのいかにも幽霊な、怖い見た目で出てくるのはやめてくれないか？　幽霊だというのが誰にもわからない姿で出てくるなら、そして極力誰にも迷惑をかけないでいられるのなら、ここにずっといることを、私は黙認するから。

「……だからあの姿になって、令和の今もそこにいるって？　それなんて新美南《にいみなん》吉《きち》？」

「せめて夏目友人帳とか言ってよ。歳がばれるよ」

「だってどうやって幽霊が大家と直談判するのよ。ていうかその大家は何者？　イタコ？　なんで幽霊と平然としてそんな人情話めいたやりとりをするわけ？」

「立て板に水のイキオイで、おれの話を否定するねキミは……」

食べ過ぎで気持ち悪いから、なんか八つ当たりしたい気分なんです、すいません。

昼間のオムハヤシが思いきり腹にもたれていた茉奈は、そう心の中でひとりごちる。

「だいたいさ、うさぎって寂しいと死ぬとかいう話がなかったっけ。なんで寂しがりやの幽霊が、わざわざそんな姿になるのよ」

「シンパシーを感じたか趣味か、あるいはどれだけ寂しくてもこれ以上死ぬことはないからあえてか、じゃないの。ていうか、そろそろ眠りませんか茉奈さんよ」

井坂が小さくあくびをしながら、茉奈の頭を軽く撫でた。彼女はそれ以上の追及を諦めて、彼の隣で体を丸める。

「……ねえ、来週もさ、いるかな、うさぎ」

本当は、つれて帰ろうと思っていた。土日は、休日出勤をする者もいないわけではないが、基本的には事務所は閉まっているので、もし、あのうさぎが出てきても世話できる人間が誰もいない。

けれど、彼女がそれに気がついたときには、うさぎは姿を消していた。

「さあ。……なに、いてほしいの？」

「ん、そういうわけじゃないけど」

いてほしいかほしくないかなど、そんなことは彼女にはよくわからない。

来週もうさぎがいたからといって、なにがどうなるわけでもない。

彼女に今わかるのはそれだけだった。

つけいる隙と憑《つ》かれる隙

そして翌月曜日。

出社する茉奈を待ち受けるように、彼女の椅子の上で、うさぎは眠りこけていた。

幽霊も眠るのか。

丸いその背中を前に一瞬、茉奈は立ち止まる。

とりあえず、眠っているものを起こすのもどうなのかと思った彼女は、うさぎを起こさないように、キャスター付きのその椅子をそっと脇に寄せて、打ち合わせブースから、余っている椅子を引っ張りだしてきて座った。薄い背もたれと座面が、背中と尻をひんやりと冷やす。これに座りっぱなしだと、間違いなく帰る頃には腰痛と背筋痛だろうなあと、ただでさえあまり腰や関節の強くない茉奈は、ぼんやりとそう思った。

「今日一日パソコン作業なのに、その椅子はつらくないですか」

コーヒーを買ってきてくれた東郷が、半ば呆れたような笑いをこぼした。

「いや、なんか追い出しづらくて。そんなにすかすか平和な顔で寝ていられると」

手渡されたタンブラーの小さな飲み口から、淹《い》れたてのコーヒーが湯気を立てている。やけどしないように少しずつ中身をすする。ヘーゼルナッツの香りが追加されたソイラテは、

「しあわせの味がする……」

「はあ。ていうか、ニノさん、マジで少し気をつけてくださいよ」

「なにが」

「せっかく腰痛予防に自分で持ち込んだ超お高い椅子を、そんなにあっさり小動物に奪われるとか。正直、つけいる隙あり過ぎです。駄目な男に、気がついたら幽霊みたいにとり憑かれてても知りませんよ」

「幽霊ねえ……」
・顔を上げると、向こうでコピー機の紙づまりを一生懸命直している井坂の丸まった背中が見えた。怖くない。幽霊は怖くあってくれないと、こちらも警戒しようがないのですよ、この馬鹿者が、と一従業員は心の中で社長に毒づく。
「まあ、とり憑かれているうちが花ってやつだよなあ、二宮よ」

隣のシマから上司の高野剛《たかのごう》が声をかけてくる。井坂の大学時代の同級生で、彼と一緒にこの事務所を立ち上げた取締役の一人でもある高野の手元にあるのは、大量の生

クリームでカスタマイズされた巨大なサイズのフローズンドリンクだった。そのカップを持って濡れている短く太い指先に、ここの男性陣は総じて体温が高いのだろうかと思いながら、茉奈は口を開く。

「とり殺されたりするのは嫌ですよ」

「愛され系を目指して全力なやつに、そんなとり殺すなんてマイナスのど根性はないだろうよ」

「愛され系って。努力の方向性が昔の赤文字系雑誌と同じですか、このうさぎ」

「というか、二宮にとり憑く、というより取り入るにはそれがいちばんだってわかってんだろ、きっと。動物的本能で」

「動物ですか」

「草食系のな」

にやにやしている上司と同僚に軽くむかついていると、少し離れた先からばさっ、という音がする。何事かとそちらを見やれば、詰まった紙の引き抜きに失敗したらしい井坂が、引っ張っていた紙のちぎれた反動ですっ転び、コピー機の脇に置いてあった反古入れの段ボールを派手にひっくり返している。あまりの惨状に見なかったことにして、茉奈はパソコンの画面に向き直った。

「ほら、ニノさん、愛され系なテクニックがそっちでも炸裂《さくれつ》してますよ」

東郷が笑いながら茉奈の右横を指差す。

見ると、さっきまで丸まっていたはずの白い背中を思い切り伸ばしたうさぎが、彼女の座っている椅子に向かって前脚も伸ばしていた。小さな丸い手がふるふると空中で震えている。

どうやらこちらに移ってきたいらしい、というのはわかったので、背もたれにひっかけてあったフリースの膝かけを四つ折りにして自分の膝に置いてから、うさぎをその上に乗せた。分厚いタイツを穿いた足を、膝かけ越しにその短い手足でくすぐられているような感覚に、笑い出しそうになるのを我慢する。笑って膝が震えると、またあっさりうさぎが床に落ちそうな気がした。

時季外れのクリスマスカラーのフリースの上にうずくまる、全体的に丸まっちい白いシルエットは、かわいらしい雪うさぎというよりは、幼い子供が小さな手で不器用にまるめた雪だるまといった態《てい》だった。

うさぎは、何度か身じろぎをすると、茉奈の腹にぴったりとからだをくっつけて目を閉じた。雪だるま的なビジュアルに反して、そのからだは妙に生暖かく、薄手のセーター越しでも、その体温が皮膚の表面にじわっと伝わってくるようだった。

体温。コレになぜそんなものがある。

膝の上の物体が、ますますあらまほしき幽霊の在り方から乖離《かいり》していくのを茉奈は感じる。

「しかしまあ、ここまで人にべったりになっているのを見るのは、初めてな気がする」

高野が、半ば感心したように声を上げた。

「ここに事務所ができたときから、やっぱりこれって出現してたんですか？」

「うん、出てたよ。最初は、どっかの部屋で飼っているペットが逃げ出してきたのかと思って、管理事務所に言いに行ったもんよ。けど、捕まえようと思うと、どこにもいなくなる。で、影がないことに気づいて、社員全員びびりまくりよ」

「一応怖がったんですね、最初は……」

「流石になあ。いくら癒し系の見た目でも、明らかにおかしいだろ、影がないって。とは言っても、怖がるには無理のありすぎるビジュアルなもんで、そのうち怖がっている方が面倒くさくなった」

たしかに面倒になりますよねこれは、と東郷が笑った。

「で、そのときに、管理事務所の人に聞いた。人恋しい幽霊伝説」

「え、それって本当にある話なんですか」

「……ひどい、おれが嘘《うそ》を言ったと思ってたのか、二宮」

背後からぼそっと呟《つぶや》かれ、茉奈は思わず「ひっ」と声を上げて振り返った。

反古の大きな切れっ端をほつれたセーターの裾でひらひらさせたままの井坂が、暗い目でそこに立っている。

「すみません、完全にただの与太話だと思ってました」

「ヨタバナシってなんですか？」と明るい声を上げた二十代半ばの東郷に、手元の小型版国語辞典を投げつけて、茉奈は言った。

「じゃあ、なんで幽霊が、あ、ヒトガタの方ですけど、出るようになったかも、高野さんは聞いてます？」

うーんなんだったかなあ。高野は右目を眇《すが》めて上を向いた。井坂は茉奈の横にしゃがみ込んで、膝の上のうさぎにちょっかいをかけている。

「井坂、おまえ、覚えてる？」

「えー、覚えてないよー」

井坂は「ぬおおー、鼻水かけられたー」と、うさぎをかまっていた右手をひらひらさせながら、拭くものを探して目をきょろきょろと動かす。

茉奈が「それ」とセーターについたままの反古を指差すと、彼はそれでいそいそと指を拭った。

「だよなあ。うさぎになったっていうインパクトが強すぎて、前の方の話、忘れるよな」

「まあ、うさぎがいても誰も困らないしね。本人が出たがってるうちは、好きなだけ出てくればいいんじゃないかな、と俺はちょっと思ってるよ」

だから、そこまで異界の者に対して順応性があっていいものなのだろうか。

という気がまたもしたが、口にするのも面倒くさくなり茉奈は黙っていた。

「そうそう」

「あ」

ふと思い出して、彼女はひとつだけ聞いてみる。

「どうして、二月になると出てくるのか、その理由って聞きました？」

高野は首を傾げた。東郷は辞書を繰りながら、「あったー、与太話。……え、でまかせのつまらない話のこと？」とひとりごちている。

「死んだのが二月だからじゃないのかなあ。そういえば理由って聞いたっけ？　井坂」

あ、それは知ってる、と井坂がいきなり挙手をした。

その反古を握ったままの手の前にくず入れを差し出すと、井坂は妙に嬉しそうに、

「ねえ、聞きたい？　聞きたい？」とこちらを見上げてきた。

なんとなくその顔にむかついたので、「いいえ、全然」と茉奈は答えた。

何日か経った。

うさぎは毎日、茉奈の周りをうろちょろしている。

そして、やはりたしかに幽霊ではあるらしく、なにも食べない。水も飲まない。

試しに何度か、コンビニで買ったサラダの切れっ端を差し出してみたが、ぷい、と鼻を背けてしまった。

ならばと思って、ちょっとお高い、自然食系スーパーで売られていた人参《にんじん》で試してみたが、やはり口をつけることはなかった。

うさぎ、といえば人参くらいしか思いつかない茉奈は、そもそもうさぎって何を食べるんだろう……と、ネットで検索をかけてみた。

「うさぎ　たべもの」と検索窓に打ち込んでリターンキーを押すと、千二百二十万件ものヒットがあった。世の中にはこんなにうさぎに関する情報が溢《あふ》れているのか……とその数におののきながらも、彼女は手早く『うさぎさんとのしあわせライフの作り方♪』なるページをチェックしてサイトを閉じた。

そろそろ本日の打ち合わせ相手が来社する時間だ。資料をまとめて立ち上がろうとしたとき、

「きゃー！　かわいい！　なんですかどうしたんですか、そのうさぎ。御社のペッ

ト？」

「……いつの間にいらしてたんですか、樋口《ひぐち》さん」

「今でーす。あ、これ差し入れです。みなさんでどうぞ」

有名洋菓子店の包みを片手に、今デザインを進めている本の担当編集者である樋口涼子《りょうこ》氏が、満面に笑みを浮かべつつその細い指で茉奈の背後を差している。

振り返ると、作業場と打ち合わせスペースを仕切る小さなパーテーションの横で、うさぎがもぐもぐと口元を動かしながら、こちらを向いてちんまりと座っていた。

そうだった、外部の人にあの存在について言及されたとき、どういう返答をすればいいのか社内の人間に聞くのを忘れていた、と茉奈は焦る。

うさぎを振り返った姿勢のまま、誰か助け船を出してくれないかと視線を作業場へ飛ばしてみたが、見事に誰もこちらを向こうとはしない。

樋口は、茉奈がこの職場に来る前から付き合いのある編集者だ。この事務所へ仕事を発注してくれるようになったのも、茉奈がここへ来てからだ。

だから当然、彼女がこのうさぎを見るのは初めてである。

スタッフが連れてきたんですよ、などと適当に嘘をつこうかとも茉奈は迷ったが、はたと思い至る。

こういうときは、本当のことを言ってしまった方が案外話がすんなり流れる。信じてもらえるかどうかは別として。下手な嘘をつくよりは、自分自身も気分がいい。

まあ、話す相手にもよるのだが。

樋口は、うさぎに向かって「おいでーおいでー」と一生懸命手招きをしている。茉奈はことさらに神妙な表情を作って言った。

「樋口さん……あの、驚かないで聞いてもらえます？」


「へー、縁起いいかも」

「え、幽霊なのに？」

そして話してみたところ、そんなリアクションを想定していなかった茉奈の方が驚くこととなった。

「だって」

樋口は、手にした赤いペンのキャップの先で、目の前のゲラと色校正紙をつついた。

「これ、まさにそういう内容じゃないですか。この世はなんでもありだ、っていう」

そういえばそうだったと茉奈も机の上のゲラに目をやる。今回の本は、いわゆるライトなスピリチュアルエッセイなどと呼ばれるものだ。

スピリチュアルと言うと、どうにも足が地についていないふわふわしたもの、という先入観が茉奈の中にはあり、彼女は正直このジャンルの本がちょっと苦手だった。

「よくこっち系の本のデザインをわたしにふりましたね」と最初の打ち合わせで茉奈が言ったとき、樋口は「いや、多分二宮さんのデザインって、ご自身がどう思っていらっしゃるかはわかりませんけど、こっち系にもがっちり合うと思うんですよね。うん、絶対」と笑って言ってのけた。

「あ、来た来た！」

樋口は声を弾ませると、近寄ってきたうさぎをそっと抱き上げた。

「わ、本当だ。影、ないですね」

広げたゲラの上に、自分の腕のシルエットしか落ちていないことを確かめてから、樋口はうさぎを膝の上に置いた。黒いタイトスカートの上の白いうさぎは、いつもより輪郭がくっきりして見える。

「へえ、持った感じとかはきちんとあるのに、影だけないってのも、随分ささやかな幽霊アピールですよね」

アピールなのか？　と思いながら、丸く白い背中を見ていると、樋口はゆっくりそれを撫でながら言った。

「影がないっていうのは、もしかしてこのうさぎを見ている人たちみんなの願望だったりして」

「……うさぎに影がないことで何が嬉しいのか、わたしにはわかんないです」

「うん、私にもわかんないです」

たとえばですけどね、私ならこうこじつけます。と樋口は続けた。

「もし、これが私の願望のビジュアル化なら。……そうですね。おてんとさまがあって、その下にいれば足元に影が落ちるっていうのは、もう、私の中で当たり前のこととしてインプットされているわけなんですけども。その当たり前のことにずれが生じる瞬間ってのが、私にとってはいちばん楽しいんですよ。読書と同じです」

「ほう」

「影を作らなきゃいけないわけでもないし、影がないからおてんとさまの下にいたらいけないというわけでもないし。必要条件じゃないってことですよ。とは言っても、いわゆる『当たり前』のことが全部なくなっちゃうと、当然ながら生じる『ずれ』もなくなっちゃいますからね、私としては商売あがったりなんですけど」

帰り際に渡した抜け毛取り用の粘着テープ付きクリーナーを、スカートの上で転がしながら「うさぎいいなー、かわいいなー。打ち合わせがなくても、ちょっとだけこの子に会いに来ていいですか？　差し入れは持ってきますから」と名残惜しそうに言って、樋口は帰っていった。

使い終わったテープを切り離して捨てながら、なんで幽霊のくせに抜け毛などという面倒くさい実体があるのか、とも思ったが、あるものは仕方がない。

茉奈がデスクに戻ると、「あんな素直に信じた人は初めてだねー」と高野が感心したような、半ば呆れたような声を出した。

「聞いてたんなら」

助けてくださいよと言いかけて、どうせ「二宮がなんて説明するか楽しみで」とか笑顔でかわされて終了な気がしたので、茉奈は口をつぐんだ。

うさぎを振り返る。反古入れを飛び越えようとして、けつまずいて転んでいる鞠のような姿に、力が抜ける。

これが自分の願望なら。

茉奈は首を傾げる。なんだろう。

影がない。どうやっても影を見ることができない。ないものは見えなくて当然。だとしたら。

必ずあるはずの、自分の影の部分を見たくない？　自分には影なんかないと思いたい？

いやいやいや、なんという絶望的につまらない解釈だ。茉奈は頭を抱えた。

「何もせずとも差し入れがもらえるなんて、あんた、招き猫みたいだねえ」

そんな彼女の隣にしゃがんだ東郷が、小さなプラスティックのスプーンを片手にうさぎを撫でている。

「しかも、樋口さんが差し入れてくれるんだから、きっとすっごくおいしいものに違いないよー。今日のこのゼリーもめっちゃおいしかったし。ありがとうさぎー」

だからどうして、自分の周りはこの一応幽霊であるはずの存在に対して、こんなにも寛大なんだ。頭を抱えたまま、茉奈はそう思った。

でも世の中は、そんなに寛大な面ばかりをいつも見せてくれるわけではない。

初めて手がけるライトノベルの装丁、そのおおまかな案を三パターンほど、茉奈が編集者へ画像データで送った後のことだった。

「二宮さん、すみません！　デザインラフの件、僕が説明をしくじって先生を怒らせてしまって。ネットがちょっとまずいことになっているんで、至急打ち合わせさせてもらっていいですか？　今からすぐ伺いますんで！」

担当編集者からの電話である程度の事情を知らされた茉奈は、その場でその著者のSNSにアクセスし、当該の投稿を探した。そして、

「おー、うー、わー……」

彼女の口から、そんな意味のない音がこぼれた。

「え、なんですかこれ」

東郷が横から茉奈のパソコンのモニターを覗き込む。

〈今、編集が送ってきたデザイン案のうちのひとつが、ちょっとありえなかった〉

〈森林一《もりばやしはじめ》先生の本と激似なの。そんな装丁で出したらパクリみたいに見えるじゃない、あたしの作品が。失礼極まりない〉

その投稿には、指摘された別の作家の本の書影と、今回のデザイン案の出力紙を並べた写真が添付されていた。

「はあ？　どこも似てないし」

東郷の表情が一気に険悪になる。

「単に、カバーイラストを描いているイラストレーターさんが同じ人ってだけじゃないですか。しかも今回のイラストレーターさんって、この著者の指定でしょ」

「……うん、まあ、でも、そうだとしても、その絵を使って、全然違う世界観を出せなかったって作家さんに判断された時点で、わたしの力不足ってのは言われてもしょうがない」

「いや、だって他のふたつのラフ案は槍玉《やりだま》に上がっていないってことは、少なくともそっちはちゃんと違う世界観を出せてるって証拠じゃないですか」

「だからこそ、作家さんの目にはこれだけはちょっと日和《ひよ》った案に見えちゃったんじゃないかね……。たしかにこの案がいちばん《ラノベっぽい》もの。ノーマルっていうか。作品の方向性としては間違っていないと思ったんだけど、わたしの考えが甘かったかな……」

そうしているうちに、その作家の投稿に対して、あれこれとリプライがついていく。

〈またデザインの盗作問題らしい。最近やけに多いよな。こういうのを作る自称デザイナーには、他人の創作物に対する敬意ってないのかね〉

〈は？　別に似てなくね？　なにこいつ一人で騒いでんの？〉

〈てかもともと同じ絵師を使って森林先生のと間違って買わせる気満々じゃねえかよ、笑える〉

〈ラノベのデザインなんて、だいたいみんなこんなもんだろ〉

〈そもそも誰も買わねーから安心しろよ〉

〈その前にさ、このカバーってまだ完成品じゃないんだよな？　ネットの予約ページに画像が上がってないし。それって作家がこんなふうに勝手に晒《さら》していいもんなわけ？〉

〈なんか、こういうの見てるとそのレーベルらしさってのが本当に今はどこもないよなあ。新しく出るやつはどれもこれも売れた本に寄ってっちゃってさあ。ここで出てる森林さんの本って、そもそも別の版元のじゃん。プライドなさすぎだと思う、ここ

のレーベル〉

〈ていうか森林先生めっちゃ巻き込まれ事故で気の毒。売名ご苦労様、無名作家〉

〈同じような本が最近量産されすぎ。出版社が悪い。売れた企画を真似《まね》するしかない能無し編集者どもを解雇しろよ〉

〈量産はこのイラストレーターも一緒だろ。毎度毎度同じようなイラストばっか描いてお金がっぽりですか。イイオシゴトデスネー〉

〈え、やだ、この方のイラスト凄く好きなんですけど……。なんかこんな騒ぎに巻き込まれてかわいそう……〉

〈書き手もデザイナーも絵師も編集も、関係者全員パクり野郎ってことで確定〉

〈ここまでパクるなら、もういっそタイトルも潔くパクれよ〉

それに対して作家がまたコメントを返し、画面上は罵倒と野次一色に染まっていく。

自分の作り出したものがきっかけとなって生まれてしまった罵り合いと悪意が、あっという間にモニター上に溢れかえっていくのを、茉奈はまばたきするのも忘れて見つめていた。その増殖のあまりのスピード感にあっけにとられていた、という方が近いかもしれない。

提出したデザイン案について駄目だしを食らうことなどいくらでもある。そんなことは仕事である以上当然だ。

しかし、まだ正式な案ではない、デザインの方向性を確認するためのラフ状態のものに対し、こんな間接的な方法で著者から駄目だしをされるのは初めてだった。

忘れていたのはまばたきだけではなく、呼吸もだったらしい。喉が小さく音を立てる。罵詈雑言《ばりぞうごん》の応酬など、そもそも読んでいて気持ちの良いものではないが、そこに自分のことが絡んでいれば、そしてそれがリアルタイムで増えていくのを目の当たりにすれば、その気持ちの悪さはなおさらである。光る画面の上でどんどん増えていく文字を、そのスピードに負けないように読み続けたせいか、軽く吐き気もこみ上げた。

口元を押さえた手のひらの下で小さくえずくと、傍らの東郷が「もう見るのやめましょうよ」と慌ててブラウザを落とした。

「二宮」

そしてこのタイミングで、あまり聞きたくはない声が背後から飛ぶ。

茉奈はそのまま席から立ち上がり、そこに立っていた井坂に勢いよく頭を下げた。

「すみません。わたしのミスです」

気をつけていたつもりだった。ただでさえ競合がひしめくジャンルの本である。類似が指摘された本も、もちろん事前にチェックはしていた。それでも。自分はもしかしたら無意識に「売れているものに寄せていた」のだろうか。あるいは、どこか気が緩んでいたのだろうか。コメントにあった「こんなもん」という意識が、自分の中にもあったのだろうか。この作品に対する敬意が、実際に欠けていたのだろうか。自分は。自分は。

画面いっぱいに罵倒が溢れかえるのと同じくらいの速さで、自分自身に対する疑心暗鬼が茉奈の中でどんどん増殖していく。

それはつまり、自分の作ったものに、自分自身が信頼を置けていないということだ。自分でも信じられないようなものを、誰が信じてくれるというのかという話だよ、何年やっているんだよこの仕事と、茉奈は唇を噛《か》んだ。

「まーずーはー、その頭を上げようかね二宮」

井坂はのんびりと言った。

「これなー、おまえさんの責任ではないよ。そもそも、どう見たって、このデザインは森林先生の本のとは全く違うもん。そして二宮が他人のデザインのパクリなんていう、逆に後々しち面倒くさくなるだけのことを、わざわざ自らするほどアホな人間でないのは、ここにいる全員が知っている。……それに、このレーベル全体のアートディレクターはおれだからね。責任があるとするなら、最終的にこのラフを先方に提出することにオーケーを出したおれの責任」

「でも」

「それにさ」

茉奈の言葉を井坂が強く遮る。

彼女が思わず息を呑むと、井坂はまたすぐに、いつものようにふわふわとした気の抜けたような口調に戻って続けた。

「このおれがさー。パクリのデザインになんか、オーケーを出すはずないだろー」

そりゃそうだ、と高野が小さく笑った。じゃなきゃとっくに潰れてますよねこんな弱小事務所、と東郷が続け、弱小という冠は断固否定する、ミニマムと言えと高野がさらに続けるのが、茉奈の耳にも聞こえた。

「なあ、そこは信じてよ。二宮も」

――それとも、信じられない？　おれのこと。

多分、この瞬間は間違いなく自分自身よりも信頼している上司の口から、あっさりと投げかけられたその言葉に、茉奈はそれ以上ぐだぐだとしたことを言えなくなる。

そうだ、少なくとも今は、こんな不信感なぞ自分の中に増やしている場合ではない。

打ち合わせはおれも同席するから、と言った井坂にもう一度頭を下げて、茉奈は打ち合わせ用の資料を自分の机からかき集めた。

普段あまり読まないライトノベル、そのデザイン研究のためにいろいろと集めた競合他社の資料本が、慌てた拍子に床にばさばさと散らばる。そのカラフルなイラストの描かれた本たちを、東郷がさっと屈《かが》んで拾い上げた。

「あ、ごめん、ありがとう」

「どういたしまして。……あら」

この騒ぎの間、茉奈のデスクから少し離れた場所に大人しくうずくまっていたうさぎが、そろそろと彼女たちの足元に近寄ってきていた。まだ一冊拾い損ねていた本の角にまんまるい顔を寄せ、ふんふんと鼻をうごめかせている。

そしてうさぎが小さな口を開けて、カバーをかじろうとしたところを、井坂がひょいと抱き上げた。

「おまえ、本なんか食ったら腹壊すぞー。そんなにライトノベルが好きなら、おまえも打ち合わせに同席するか？　ん？」

「ちょっとやだー、井坂さん。腹を下す幽霊とか、新たな都市伝説を無駄に発生させないでくださいよ、この会社から」

いつも通りののほほんとした井坂の言葉に、ことさらに軽さを上乗せした東郷の突っ込みが返される。

「すみません、D社の小林《こばやし》です、お邪魔します！」と飛び込んできた、この小説の担当編集者の、真冬に汗まみれになってしまっている顔に向かって、茉奈は深く一礼した。

そして、勢いよく顔を上げる。

これは仕事だ。自分の仕事だ。

片がつくまで、気落ちしている暇などない。


とは言ったものの。

翌日には、ネット上の騒ぎはすっかり終息していた。当の作家が、騒ぎの始まった三時間後には自分のＳＮＳのアカウントに公開制限をかけ、さらに数時間後にはアカウント自体を非公開にしてしまったからだ。追加燃料がなければ、わざわざ燃やして楽しめるほどのネタでもなかったってことですよ、と茉奈の代わりにネットをチェックしていた東郷は、冷ややかな声でそう言った。

「だって、ありえないですよ！　本当にただの売名だったんでしょ？　『あんなふうにしたら話題になって、ネット書店での予約数が上がると思って』ってマジでありえない。いまどき炎上商法とか、旧世代の遺物かっての。何が『ここまでおおごとになるとは思わなかった』だよ。だからいつまでも鳴かず飛ばずの売れな」

「東郷」

自分の席で大きく伸びをした高野が、茉奈の席の横でまさに口角泡を飛ばす勢いで作家をこき下ろす部下に向かって、穏やかに声をかけた。

「そろそろその話はおしまい。というか、もういい加減おまえ、自分の仕事に戻れ」

「だってー」

「ほら見てみろ、二宮が完全にグロッキー状態になってるじゃねえか」

「……いや、これは別に東郷のせいじゃないですから」

いつの間にかぐったりと、自分の机に顔を伏せていた茉奈を、東郷は慌てた様子で覗き込んだ。

「え、ニノさん大丈夫ですか？　もしかして食あたり？」

「この状況で食あたりになるとか、流石に面白すぎるでしょ……」

昨日から茉奈はなにも食べていない。ばたばたしすぎて食べる暇がなかったというのもあるが、それが一段落したら、今度は力が抜けてしまって、口にものを入れて噛む気にもなれなかった。騒ぎになったものとは別の、他の出版社から依頼されていたデザインの入稿データを仕上げて編集者へ送り、相手から「入稿無事完了しました！お疲れ様でした」という連絡をもらったところで、茉奈の緊張感は完全にぷつんと切れた。そしてデスクに突っ伏したまま今現在に至る。

「二宮、おまえとりあえず飯食ってこい」

「……あんまり食べたくないです……」

「拒否は認めん。これは上司命令。なんなら東郷、おまえも一緒に行ってこい」

「おお、マジですか。上司命令と言うからには、高野さんのその素敵なツイードジャケットのポケットから、二人分のごはん手当も出たりするんですかね」

「あ、俺用のお土産ドリンク代なら渡す」

「それじゃただのお使いじゃないですか。……って、あ、駄目だ。あたし、これからK書房さんがいらっしゃるんでした」

「なんだよ、使えない部下め」

「……ああ、じゃあわたしはありがたくお昼に行かせていただきますんで……」

仲良くじゃれている上司と同僚を横目に、茉奈はふらふらと席を立ち上がる。

「あ、ついでだから、日光浴とかしてきたらどうですか、公園で。なんか最近、それでなくてもニノさん、少し顔色悪いし」

「今、そんなゆっくり太陽に当たったら、確実にその場で爆睡する気がする……」

「じゃあ、爆睡防止にこの子を連れて行ってくださいよ」

そう言って東郷は、自分たちの足元をうろちょろと走り回っていたうさぎを捕まえて、茉奈の鼻先に突き出した。

「公園の近くのカフェならペット同伴オーケーだし。ほら、うさんぽってやつ」

「うさぎには散歩ってあんまりお勧めしないって、飼い方サイトには書いてあった気が……。というかそれ以前に、幽霊散歩の間違いなんじゃ」

「まあまあ、いいじゃないですか。幽霊なんだからそれこそ、散歩にいいも悪いもないですって。それにどうせ誰も気づきませんよ、その子に影がないことなんて。ニノさんだって、言われなきゃ気づかないままだったでしょ」

はいこれリード、そしてケージ、と事務所の奥からいろいろと「うさんぽグッズ」が出てくるのを見て、茉奈はぽかんとした。

「なんでこの会社、こんなにうさんぽグッズが充実してるの」

「一度やってみたくて一昨年《おととし》買ったんですけど。うさんぽに行こうとするたび、いっつもこの子ってば行方をくらませてくれたもんで、結局一回も行けなかったんです」

さあどうぞ行ってらっしゃい、ラブリーすぎるうさんぽデビューに！　と元気な同僚の手によってエレベーターホールに押し出される。

「というかそもそも、この建物から外に普通に出られるの？　おまえさんは……」

胸元に押し付けられたうさぎは、今日も変わらず真っ赤な目で彼女を見ていた。

いい子と銀幕

天気の良い日だった。風も殆《ほとん》どなく、空はひんやりとした空気の上に青く広がる。遮るもののない午後の日差しは、適当にクリップでまとめあげられた茉奈の髪へとやわらかく降り注いだ。

東郷に勧められたカフェに着くと、店内は満席だった。耐えられないほどの寒さでもないし、では公園で食べるかと、サンドイッチと豆乳スープをテイクアウトする。

街中にあるにしてはそれなりに広いその公園には、のんびりと散歩をする人たちやジョギングをする人たちの姿がちらほらと見えた。

四人掛けくらいの、木製のベンチに腰を下ろす。うさぎのケージを地面に置き掛けて、足元のひんやりとした空気に気づく。誰もいないからとりあえずいいか、とケージをもう一度抱え直して、空いている自分の左隣に置いた。

風はないものの、空気はやはり冷たい。こんな寒空の下に出したらかわいそうかなと思う側《そば》から、うさぎがケージの入り口を全力でかりかりとひっかく。そこを開けると、リードをつけられたうさぎは、茉奈のコートのポケット辺りに前脚を伸ばす。そのやわらかいからだを抱え膝の上に置くと、いつもよりも少し、指先に伝わる体温が低い気がして、茉奈は首のマフラーを外すと小さな白いからだの周りにふんわりとそれをかけた。うさぎは早速尻からマフラーの中に潜っていく。

「ごめんごめん、寒いよね。食べたらすぐに帰ろう……って。だから幽霊が寒さに弱いとかどうなのよ。ねえ」

ちょっとだけマフラーを捲《まく》り、うさぎの足元をよくよく見ても、やはりそこに落ちるべき影はない。

「こうやって外に出られたってことは、あんたはあの建物の地縛霊というわけではなかったみたいだね……」

ふと漏れた言葉に、もうすっかり自分もこの怖さのかけらもない異形に対して馴染んでしまっているな、と茉奈は苦笑する。このうさぎが、このまんまるのフォルムで見る者を油断させておいて、その後不意になにかしでかすというようなタイプの幽霊だったら、そのやり口は大成功だよと思いながら、サンドイッチのパックを手にした。

しかし。

どうにも今、固形物を食べる気にはならず、そのまま袋に戻した。

「なんだろうね。おまえさんの絶食ぶりがうつっちゃったのかしらねー……」

相変わらずなにも食べないうさぎに向かい呟いて、茉奈はひとつ息を吐く。

仕事上のトラブルなんていつでも、いくらでもあることなのに、今回の件がそこまで自分はショックだったのだろうか。

湯気の立つ豆乳スープをすすった。あたたかさが少しずつ体の中に流れ込む。体があたたまると、そのあちこちが石のように強張《こわば》っていたことに気づく。

コートの上から指先で胸元を強く押してみる。素人でもわかるくらいにかちかちに固まっているのは、おそらく胃の辺りだろうと見当をつける。いきつけの整体、茉奈にとっては最早完全な職業病でもある腰痛や肩こりの緩和のために通っているそこの顔馴染みの先生に、いい加減に体を酷使しない仕事の仕方を覚えろとまた怒られる案件だなこれは、と彼女はまたも苦笑いをした。そういえば、ここ数か月は忙しさにかまけて通院もしていなかった。

「なに、やってんだろうね、わたし……」

高速で文字の増えていく画面の残像が、また目の前をちらついた。

直接ぶつけられる悪意なら、まだ対処のしようもあるのかもしれないが、自分を経由せずに、手の届かないところで第三者同士がキャッチボールのように弄ぶそれは、本当にもうどうしようもない。どうしようもないものをどうにかしようとしても、

「それこそどうしようもないって。ねえ、うさぎさんよ」

頭ではわかっていても、やはりそう簡単に気持ちはすっきりしないものでもあり。

「……ああもうめんどくさい」

まだ大量に残っているスープを置き、茉奈は天を仰いで目を瞑《つぶ》った。

まぶたを閉じると、全身に降り注ぐ太陽の光が、よりはっきりと感じられる。

全部消毒してもらおう、誰にでもひとしく降り注ぐ気前の良いお日様に。このもやもやした嫌な感じも、天日干しにしてしまえ。

冷たい空気を、吸って吐く。嫌なことを完全にリセットすることができないなら、せめて体内の空気くらいはリニューアルしておこう、そしてついでにストレッチだと思いきり伸びをした瞬間。

「やだやだやだやだやだやだ！」

突然、甲高い子供の叫び声が響いた。

その普段聞き慣れないハイトーンに不意を衝《つ》かれた茉奈は、びくっと膝を震わせた。

「……う、わっ」

その「びくっ」に、今度はマフラーごと地面に落下しそうになった膝の上のうさぎのからだを、慌てて両手で抱え直し、彼女は声のする方を見やった。

茉奈の座るベンチからほんの少しだけ離れた場所で、幼稚園児くらいだろうか、赤いスカートを穿いた女の子がじたばたと地面にひっくり返って泣き叫んでいる。その傍らではベビーカーのハンドルを握って完全に困った顔になっている母親らしき人が立っていた。

「買ってくれなきゃやだー！　やだやだやだー！」

凄い、絵に描いたような癇癪《かんしゃく》の起こしぶりだ。

茉奈は思わずそのじたばたぶりを凝視してしまい、直後、こういうのはあまりじろじろ見るとお母さんに負担がかかってしまうのかもと、微妙に視線を彷徨《さまよ》わせた。

「だって、さっき自分でいらないって言ったでしょ？　だから今日はもうおうちに帰ろうって」

「やだやだだやだやだやだやだやだやだー！」

ベビーカーの中でぐっすりと眠り込んでいるらしい赤ん坊の頭が、ちらりと毛布の隙間から覗いている。

この音量の中ですやすやと眠っていられる赤ちゃんというのは、もしや人類最強の存在なのではと思いながらふと自分の膝の上を見ると、うさぎの耳も、その小さなからだに沿ってぴったりと伏せられている。そういえば「耳の良いうさぎにとって大きな音は大変なストレス」だと、件《くだん》のうさぎの飼い方サイトには書いてあったな、というのを茉奈は思い出した。うさぎ型の幽霊にもそれがあてはまるのかは謎だが。

しかしいきなりここで立ち上がって移動したら、それこそ今泣きそうな顔をしているお母さんにさらなるプレッシャーを与えてしまうかもしれない、と思うと腰を上げるに上げられない。とりあえずケージに入れてやればいくらか音も防げるかなと、耳を伏せすぎて上から見るとただの楕円形《だえんけい》のようになっている小さな白いからだを抱き上げた。

「うあああああー！　うあああああー！」

そんなふうに茉奈が一人ベンチの上で往生している間に、女の子はかろうじて寝っ転がった姿から起き上がったものの、その場にしゃがみ込んで泣き続けている。

「……もう」

その子を見下ろす母親の口が小さく動く。母親と距離の近い茉奈の耳に、

「やだ……。もうやだ、もうやだ、」

ぎりぎり聞こえるくらいのその呟きは、

「もうやだもうやだもうやだ……！」

次の瞬間、大音量で破裂した。

「もうやだ、もうやだもうやだ、嫌だ！　お願いだから静かにしてよ！　迷惑でしょ！　この馬鹿！」

一拍のしんとした間を置いて、さらに激しく子供は泣き出す。

「黙りなさい！　黙れ！　あんたみたいな悪い子は、うちの子じゃない！」

その親子連れと茉奈との間、数メートルの空間を、何人もがちらちらと親子を見ながら通り過ぎていった。

母親が激しく頭を振る。ぱっと顔を上げた。

「……あ」

茉奈と一瞬、目が合う。

これは。

あと数秒で、あのお母さんは泣いてしまう。そう思った。

どうしよう。

自分のほんの目と鼻の先で起きていることだ。できることなら、なんとか助け船を出してあげたい。しかし身近に小さい子供のいたことがなく、そもそも人付き合い自体があまり上手《うま》くない茉奈には、こんなときどういうふうに、見知らぬ相手に声をかけたり接したりすればよいのかが全くわからない。

彼女はうさぎを抱えたまま固まった。

そこへ。

「おねえちゃん、そこのベビーカーで寝ているのは、妹さんかな？」

不意に、低い声がやわらかく割り込んできたかと思うと、いつの間にか、地面に座り込んでいる子供の横に同じように座り、その小さな頭に手を伸ばす、濃いグレーのロングコートを着た男性の姿があった。

男性の帽子の襟足から覗く髪の色は、とても綺麗な白だった。服装や口調から少しご年配の方のように感じたが、声には張りがあり、というか正直に言ってしまえばとてつもなく艶のあるテノールの、いわゆる人気アニメや洋画の吹き替えでお馴染みの声優さんばりなイケメンボイスで、年齢不詳な雰囲気をそのスタイルの良い長身から漂わせている。

傍らには、大きな革張りのトランクが置かれている。よく手入れはされているが少し古そうなそれは、その男性がまるで洋行する白黒映画のスターでもあるかのように、辺りの風景を演出していた。

「え」

いつ現れた、とそのコート姿のシルエットにぎょっとしたのは茉奈だけではなかったらしい。声をかけられた子供も、立ち尽くしていた母親も、あっけにとられたような顔でその突然現れた男性を見ている。

「えと、うん、いもうと……」

「そうかそうか。妹さんか。妹さんはいくつなのかな？」

知らない人間が目の前にいきなり現れた上に、自分に声をかけてきた驚きもあるのだろう。さっきまで大音量で泣き叫んでいたことを忘れたかのような、ぽかんと口を開けた状態で、子供はおずおずと指を折って、男性の目の前に差し出した。

「うんうん。一歳か。おねえちゃんは、妹さんのことは好きかい？」

こくり、と頷《うなず》く子供の頭をもう一度ぽんぽんと撫でて、「仲良しさんでいいですね」と顔を上げて母親に声をかけたその男性は、ふと、茉奈の方を指差した。

「ほら、おねえちゃん。あそこに、うさぎさんがいるよ」

「え」

突然のご指名に、茉奈はぎょっとする。その拍子にうっかり両手に力が入ってしまい、抱き上げていたうさぎがそれに抗議するように、じたばたと短い手足を振り回した。そして。

——なんということでしょう。

以前見たテレビ番組のナレーションが、ふと頭をよぎった。

こちらを向いたその男性の顔、帽子の陰からはっきりと現れ出《い》でたそのご尊顔は、あまりにも造作が整いすぎており、それをばっちりと見てしまった茉奈は、先ほどまでとは違う意味で、固まった。色白の肌に映える切長の瞳は、差し込む太陽の光を受けて、繊細なアンバー色の煌《きら》めきを放ち、すっきりとした鼻梁《びりょう》の下で、ほど良い厚さの艶めく唇が優しげな微笑《ほほえ》みを浮かべていて。

いやもう、髪色やクラシカルなその服装や口調で人の年齢を判断してはいけなかったすみませんと、思わず謝りたくなったほど、その顔は若々しかった。多分、四十代は超えていないような気がする。

「……」

同じように茉奈の方を見た母親と、またも目が合う。

「……」

思わず頷きあってしまう。

あなたがこの年齢不詳の男性、いや紳士を見て固まっていたのは、突然の登場に驚いたからでも娘に声をかける不審者だと思ったからでもなく、あまりにも見事な出来栄えの、この面構えにびっくりしたからなんですねと、道端で長年ファンだった俳優さんに遭遇して驚いた、みたいな表情になっている母親を見て、茉奈は得心した。

「知っているかい？　あのうさぎさんは、いい子が挨拶すると、手を振ってくれるんだよ」

いやいやいやいやいやいや。

この幽霊うさぎに関して、なぜそんなメルヘンな設定をいきなり付け加えるのかこの見知らぬ紳士はと彼女は軽く焦るものの、なにぶんなんの心の準備もなく、彼の桁違いの美貌を見てしまった衝撃でまだ体が固まったままなので、何も反応が返せない。

そうこうしているうちにも、紳士と子供の間で、どんどん会話は進んでいく。

「……いい子？」

「そうだよ」

「なみちゃん、いい子？　悪い子じゃない？」

「……なみちゃんっていうお名前なのかい？」

「うん」

「そうかそうか。うん。いい子だよ。なみちゃんは。……ほら、うさぎさーん、て言ってごらん。きっと手を振ってくれるから」

　えええどうしよう、と茉奈が内心あたふたしているのも知らず、完全に期待に満ちた目になった子供が、にこにことこちらに向かって手を振ってきた。

「うさぎさーん」

　ここでリアクションをしなかったら、多分自分は子供の夢を壊した上に子育てを頑張る母親のストレスを倍増させた罪で地獄行きだ、と思った茉奈は、ゆっくりと膝の上にうさぎを下ろした。幽霊であるあなたを勝手にぬいぐるみたいに扱って申し訳ないけれど、今だけは許しておくれと念じながら、その白い前脚をそうっと持って、小さく振ってみた。

　うさぎはとりあえず暴れることもなく、茉奈に脚を振られるままになっている。

「わー！」

「ほらね」

「なみ、いい子！」

「うん、そうだよ」

すみません、ありがとうございました、と母親がほっとした顔で紳士に声をかけ、子供の泣き声が笑い声に変わったのを見て、茉奈は思った。

美しさとメルヘンは、パワーだ。


「――すみませんね、お嬢さん。勝手に巻き込んでしまって」

ベビーカーの母娘《おやこ》連れが、手を振って去って行った後、その謎の紳士はにこやかに茉奈に向かって近づき、そう言った。

「いえ……。あれ」

彼が近づいてくるのを見た瞬間、うさぎは再びイヤイヤをして茉奈の手を振り払うと、膝の上のマフラーに潜り込んでしまった。来客があれば、それが誰であっても必ず鼻をうごめかしながら近づいていく、やたら人懐こいこのうさぎにしては珍しい態度だった。

「おや、どうやら勝手をしたから嫌われたかな……。あ、お隣よろしいですか？」

尻の先だけまだマフラーの外に出ているうさぎを見て、紳士は笑った。

どうぞ、と茉奈は軽く会釈を返す。

ああよっこらしょ、と、そこだけは服装や髪色と釣り合う、ご年配めいた言葉とともに、彼はトランクを足元に置くと、ゆっくり腰を屈めてベンチに座った。

「子供って」

彼の美貌と先ほどのうさぎ寸劇の余波で少し頭がぼうっとしていたのか、茉奈の口から自身も意図せぬ呟きがぽろりと漏れた。

「ちゃんと泣き止《や》むものなんですね……」

「それは、いつまでも泣いていたら流石に疲れてしまうでしょうし……それに飽きますでしょう」

それに対し、紳士はゆっくりとそんな言葉を返した。

「飽きる」

「ええ」

「そうか、そうですね……」

体のどこかから力が抜けていくような気がする。飽きる、という言葉に妙に納得が行った。

あんなふうに豪快に泣き叫ぶことはできなくても。そのうち自然に、この胸の中のもやもやにも飽きるときが来るのかもしれない。

彼女はすっかり冷えてしまったスープのカップを紙袋にしまった。

「すみません、お食事中でしたか」

「いえ、もう終わりました。……あ、裾が」

「ああ、これは失敬」

先ほど地面にしゃがみ込んだときについたのであろう、仕立ての良さそうなロングコートの裾に、枯れた芝生の切れ端がまとわりついていた。

「よく妻にも言われたものです。『裾に気をつけて。あなたはどこにでもしゃがみ込むんだから』って」

大きな背中を屈めて、そっと裾の草を払う仕草も、なんとも言えず品があった。その彼の、長く滑らかな指と大きくて艶のある爪が映える手元を見ながら、茉奈は口を開いた。

「しゃがむのが、お好きなんですか？」

言ってしまってから、はっと我に返る。いくら紳士の麗しい姿に見とれたとはいえ、なんという間の抜けた質問をしているのだろうと、彼女は思わず自分に笑ってしまう。

「そうですねえ……。好きというか」

聞かれた相手も、やはり少し笑っている。

「よくしゃがんでいたのは、妻も同じなんですけどね。彼女は草花や石が好きで、一緒に歩いているときもしょっちゅう道端でしゃがんではそれらを見ていたんですよ。だから、なんだか私も、しゃがむことが癖になってしまいましてね」

「へえ……」

「彼女と散歩や買い物に出ると、家に帰り着くまでにもの凄く屈伸運動をさせられた気になったものです」

「足腰が鍛えられそうですね」

「そうですね、たしかに今でも、年の割に体力はありますし、膝などは強い方かもしれません。はは、そうか、私の体が丈夫なのは、妻のその癖のおかげかもしれませんね」

　穏やかな顔で妻について語る紳士の佇《たたず》まいを見ているうちに、茉奈は次第になんとも言いようのない不思議な気持ちが、体の奥からこみ上げてくるのを感じた。

　茉奈の両親は、彼女が幼稚園児の頃に離婚している。茉奈は母親の元で育てられた。彼女が中学に進学したタイミングで知らない誰かと再婚した父親とは、それ以来一度も会っていない。連絡先も、もうわからない。

　そして、残された茉奈と母は、見事なほどに水と油の関係だった。娘である茉奈の背中や太腿にうっすらと残る痣《あざ》や、腰の後ろを大きく横切る傷痕は、その母との二人暮らしのときについたものである。それでも唯一の家族である母と、なんとかうまくやっていこうと、幼かった茉奈はとにかく世間一般的な「親が自慢できる優等生」でいることを心がけ続けた。

奨学金をもらいながら大学で学ぶうち、アルバイトがきっかけで本格的に携わるようになったデザインの仕事。これを本業として生きていくことを決心した二十歳の茉奈が、それを知った母親に利き腕を刺されそうになって家を飛び出した、そのときが彼女の「家族のいた生活」の終わりだった。

だからだろうか。仲の良い身内というものを知らない彼女にとって、初対面の紳士が語る「妻」というものが、なにか異国の世界の神話上の生き物であるかのように感じられたのだ。

神聖で、手の届かないもの。

「どうぞ」

不意に、ハンカチを差し出されて茉奈は我に返る。自分でも気づかぬうちに、彼女は泣いていた。

「え、あ？　あれ？」

己の頬を濡らす涙に茉奈は戸惑い、その戸惑いがさらに、新たな涙のこぼれる勢いに拍車をかける。でも。

――これは、どういう涙なのだろうか。

――悔しい、悲しい、どれもピンとこない。まさか嬉し泣きではあるまいし。

頭の片隅だけが妙に冷静だった。

涙の理由は、おそらくこんな感じだろうか。自分にとってあまりにも理想で、そしてどうやって手に入れたらいいのかわからない、作り方の想像すらつかないやわらかな家族のあり方を見せられて、うらやましさのあまり涙が出た。

しかしなあ、と止まらない涙をこぼし続けながら、茉奈は内心首をひねる。

テレビや映画でどれだけ素敵な夫婦の姿を見ようが、周りの友人たちの幸せな結婚生活の話をこれでもかというほど聞かされようが。それによって「いいな、うらやましいな」と思うことはあっても、ここまで派手に泣いたことなど一度もない。そして泣きたいと思ったこともない。

自分の持たないものに対するうらやましさに泣き伏すほどの繊細な心根は、流石に三十歳を過ぎた今に至るまで持ち越していない気がする、そんなものを後生大事に抱えていたら、日常生活に、というよりも仕事に影響が出てしまう……というところまで考えが行き着いて、どれだけ仕事が大事なんだよ自分、と茉奈は次第に少し笑い出したいような気分になってきた。

止められない涙と、こみ上げてくる笑いと、それを止めようとする腹筋や頬の筋肉の力がぐちゃぐちゃになって、茉奈の体を翻弄する。

ああもう、自分から出る感情も物理的な液体もすべてが制御不能だよと思いながら、それでも綺麗にアイロンの当てられたそれを汚してしまうのが申し訳なくて、バッグの中にたしかティッシュが、と身じろぎした途端に鼻水が垂れる。もう駄目だ、と半ば諦めた彼女はそのままハンカチを受け取り、ぐしゃぐしゃに濡れた顔に押し当てた。

おそらくそれは、茉奈自身ももういつ以来なのか記憶にないほどの、久しぶりの号泣だった。


どのくらい、そうしていただろうか。

「このハンカチ、いい匂い……」

ようやく涙が止まったとき、気が緩んだのか、そんな言葉が茉奈の口からこぼれた。

「え？」

「あっ……」

すみません、と彼女は赤面する。

見知らぬ方からお借りしたものの匂いを思わず嗅いでしまいましたなんて、一体どんな性癖の告白だと、涙と鼻水にまみれた顔に今度は変な汗まで滲《にじ》む。

「……」

どうしよう、今の自分の言葉が恥ずかしすぎて顔を上げるタイミングを逸した、と思ったそのとき、茉奈の膝の上のマフラーの中から、うさぎがのそのそと這い出した。

彼女の腕に前脚をかけて伸び上がると、ハンカチに鼻面を押し付けてくる。

「……おまえも、この匂いが好きなの？」

ナイスフォローっぽい行動をありがとう、うさぎさんよと茉奈は心の中で膝の上の小さなそれに礼を言う。

そしてこのうさぎの愛らしさで、己の行動の奇矯ぶりが紳士の目には半減されて映るといいなと思わず願いつつ、そっと顔を上げた。

「その匂い、お好きですか？」

静かに、顔を覗き込まれるようにして美しい紳士にそう言われ、茉奈はまた赤面する。それでも本当に好きな匂いであることには変わりなかったので、彼女は小さく頷いた。

「そうですか。それは……」

居住まいを正して、紳士は静かに言った。

「ありがとうございます」

「……え？」

「そのハンカチから香りがするなら、多分これのせいだと思うので」

紳士がコートの内ポケットから取り出したものを、そっと茉奈の手のひらの上に落とした。

それは、一センチ四方ほどの小さな氷のキューブにも似た、透明のガラス瓶だった。銀色のチェーンの先に、ペンダントヘッドのように留められているそれが手のひらの上でころりと転がると、その中に入っているやはり透き通った液体が、ゆらりとやわらかく揺れる。

「これは……？」

「妻が生前、趣味で作っていた香油です」

紳士は小瓶を見つめてそう言った。

「生前……」

「もう亡くなって、随分経つんですが」

「……」

先ほどの「妻」の話、あの穏やかに満ちていくようなこの紳士の声に宿る愛情を、受け取る人はもうこの世にいないのか。

そう思うと、茉奈の胸のうちには正直に「もったいない」という気持ちが少しこみ上げた。

受け取り手のいなくなったやさしい気持ちは、最終的にはどこに向かっていくことになるのだろう。それとも、どこにも向かわないのだろうか。静かに、この紳士の中に戻っていってしまうのだろうか。

手のひらの上の小瓶を、その中でゆったりと揺れる液体を、茉奈はじっと見つめた。「嗅いでみてもいいですか」と断って、彼女はその瓶の蓋を開ける。軽く瓶を振ると、ハンカチから漂っていたのと同じ匂いが、たしかに感じられた。

「ナルドの香油って、ありますでしょう」

「ああ、あの、十字架にかけられる前のキリストの、頭だか足だかを洗ったっていう……」

「ええ。妻は別にキリスト教徒ではなかったんですけれど、若い頃の彼女はあのエピソードが妙に気に入ったらしくて、庭や近所に咲いている気に入った草花の香りを、自分の髪や爪を手入れする油にうつしてはよく使っていたんです。あの話のバックボーンを考えると、少し縁起でもないような気もしましたが」

「……でも、ちょっと楽しそうですね」

小さい子が草花を摘んで、すり潰した花びらで色水を作るような、そんなイメージが茉奈の頭に浮かんだ。

ええ、いつも楽しそうに作っていました、と紳士は小さく笑った。

「妻はお茶作りを生業としていたので、たしかに植物のことはとても詳しかったですが、それでも私は、きちんとした薬草なんかではない、その辺の草を勝手に漬け込んだ油なんて、使っていてアレルギーやら炎症やら起こしたらどうするんだと最初は思っていたんですけれどね」

ああ、よくきゅうりパックの後に直射日光に当たったらダメだとか、ハーブティーもあまり濃く出し過ぎるとよくないとか、いろいろ言いますもんね……と茉奈が言うと、そうなんですよ、と紳士は頷いた。

「でも、不思議なものでしてね。妻に愛されると、妻を愛さずにいられなくなるのは、人だけでなく草花も一緒だったみたいで。どんな草花を漬け込んだものであっても、妻はそれらを使うたびにどんどん綺麗になっていきましてね」

「……それはまた」

「はい」

「凄い、惚気《のろけ》ですね」

「……そうですか？」

「はい。なかなか言えないような気がします、今の言葉は」

ふふ、と茉奈の口から笑いがこぼれた。

ここまでなんのてらいもなく、妻への愛を素直に語られると、知らない人の話であってもそこにはもう、清々《すがすが》しさしか感じられないものなのだな、と思う。

　そして茉奈は、この見も知らぬ紳士の惚気を「何を言っているんだろう」と一笑に付《ふ》してしまわなかった自分に、今とてもほっとしている。

　ネットの炎上騒動で少し失われかけていた余裕が、きちんと自分の手元に返ってきたのを、彼女ははっきりと感じた。

「少し話がずれてしまいましたが。なんにせよ、いい匂いだなとか、おいしいなとか、そういうささいなことが感じられていれば、人はだいたいのことは大丈夫なのではないかなと、私は思っておりましてね」

「ささいなこと……」

　茉奈がきゅっと手のひらを握りしめると、蓋を閉めたはずの小瓶から、またかすかに匂いがこぼれた。

　持ち主の紳士からその香油の作り主である亡き妻への惚気を聞いた直後だからか、あるいは瓶が茉奈の体温でぬくもったことも関係があるのか、その匂いは、先ほどよりも随分と甘くなった気がした。そしてその変化した匂いも、彼女は決して嫌いではなかった。

「ええ。……そうだ、もしよろしければその瓶、そのままお持ちになりませんか」

　紳士は言った。

「え？」

「あ、もちろん、あなたがお嫌ではなかったら、なんですが……」

茉奈の聞き返した言葉が、知らない人間からいきなり物を渡されることに対する困惑だと思ったのか、紳士は遠慮がちな声音でそう付け加えた。

茉奈は、勢いよく首を横に振る。

「いえ、嫌じゃないです！　むしろ嬉しいっていうか、積極的に欲しい、っていうか……ええと……」

——何を言っているんだろう。

言いながら茉奈は自分に驚く。知らない人が作った何が入っているのかもよくわからないアイテムを、さらに今日会ったばかりの知らない人から、ただとはいえもらうなど、他人に対しての警戒心が強い彼女にとって、それこそありえないことだった。わけもなく泣く以上に。

今日は自分にとってイレギュラーなことばかりだと茉奈は思う。

「……あ、でも亡くなられた奥さんの作られたものなんですよね？　とても大切なものなのでは」

「大丈夫です。うちに戻ればまだ売るほどありますから」

「え、売り物なんですか？　だったらお代金を」

「いや、流石にそこまでの量はもうないか……。あ、いえ、実際に売ったりはしていないんですけどね」

紳士は笑った。

「妻の作る香油は、持っていると不思議と心が落ち着くと近所の方に評判になりましてね。彼女が生きている頃は、いろいろな方によくお分けしていたものです。ただ、彼女が亡くなってからは、そんな機会もなくなりましたが」

「そう、なんですか……」

「もう、この香油のことを覚えていてくださる方も殆どいなくなりました。今日、これを『いい匂い』と楽しんでくださる方に、こんな形でたまたまお会いできた。それは私にとっては奇跡のようなものです。ですから、そんな奇跡を見せてくださったあなたにお渡しできたなら、妻も喜ぶのではないかなと。……そうですね、私と妻からの感謝の気持ちだと思っていただければ、とても嬉しいのですが」

奇跡、という言葉の重みに恐縮しながら、茉奈は改めて手のひらの小瓶を見つめる。

「……では。すみません、ありがたく頂戴します」

「いえ、こちらこそありがとうございます」

紳士が再び礼を言った。

「妻の作ったものを愛《いと》おしんでくださる方は、私にとっても大切な、愛おしい方ですので」

「あ、いえ……」

単に自分の妻への愛情から出た言葉とはいえ、こんなにも綺麗なビジュアルの持ち主から「愛おしい方」という言い方をされて、うっかり照れてしまった茉奈は、それをごまかすようにいそいそと、瓶に通された銀のチェーンを持ち上げた。

ペンダントになっているので、せっかくだから早速首に下げようとしたのだが、うまく首の後ろで留め金がはまらない。

「よかったら、お留めしましょうか」

「えっ？　あ、すみません……」

「これでいいですかね」

胸元にとん、と小瓶が当たる。

すっと紳士の両手が茉奈から離れた。

「あ、ありがとうございます……」

チェーンを留めようと自分の首の後ろに回されたその大きな手に、先ほどの照れを通り越して茉奈は正直なところ、少しだけときめいた。改めて美しい造形の持つ威力というものに感心しているところへ、コートのポケットに突っ込んであったスマートフォンがぶるりと震え、着信を伝える。

取り出した画面には井坂の名があった。

どうぞと紳士に促されて、茉奈は「すみません」と軽く頭を下げてからメッセージアプリを開いた。

〈茉奈、どこにいる?〉

〈公園です〉

〈飯は?〉

〈終わりました〉

〈では速やかに会社に戻ってください〉

〈え、嫌ですよ、まだ一時間経ってないもん。休憩くらいさせてください〉

〈社内でだっていつも好きなだけ休憩してるだろうが。公園じゃ寒いだろ〉

〈PCの画面を見る方が今は心が寒い〉

〈あほか。とにかく早く帰っておいで〉

〈なんで今日に限ってそんなに早く戻らせたいんですか〉

〈悪い、実はこれから客が来るのを忘れてた。茉奈にも会わせようと思ってた相手なんだわ〉

〈もう、しっかりしてくださいよ社長。わかりました、すぐ戻ります〉

すみません、なんかすぐに会社に戻れって上司から連絡が、と言って、手早くうさぎをケージに入れようとした茉奈に向かって、紳士はのんびりと言った。

「ああ、それではすみませんが、こういうふうに返信してもらえますか？　今からマサキを連れて行きますって」

「え？」

華やかな紳士は、大きなトランクを抱えて立ち上がると、にこりと笑った。


「先にご挨拶させてもらっていたよ、樹」

「じーさんあんた、わかってて二宮に声をかけただろ」

「それは、あのうさぎと一緒にいれば流石に見当はつくさ。ここの方かなってね」

紳士こと柾平氏と連れ立って会社へ戻ると、東郷をはじめ色めきたった女子チームからのお出迎えにあった。正確に言えば、柾氏だけが。

「わー！　今日はどうされたんですか柾さん！　ご無沙汰してますー」

「ふふ、一年ぶりの訪問販売月間です」

「あ、そうか、もう二月ですもんね。一年経つの早いなー」

「そうですねえ。ああ、先日頼まれたお茶、あやかさんの分はこちらですよ」

「きゃー、ありがとうございます。直接手渡していただけるとありがたみが増す気がする——！」

「こちらこそ、そう言っていただけると、山を下りてきた甲斐《かい》がありますよ」

「……えーと、これはどういうことなのかな」

華やかに盛り上がる女子チームの空気から完全に取り残された茉奈は、「早速淹れてこよう、お茶お茶ー」とタンブラーを手に給湯室へ向かおうとした東郷の襟首をつかんだ。

「ちょ、いくらあたしの背がプチサイズだからって、こんな漫画みたいな足止めの仕方をしないでくださいよ、ニノさん」

引っ張られたせいで喉輪攻めのように詰まってしまった襟元を直しながら、東郷は言った。

「柾さん、今は高尾だったか八王子だったか、とにかく山の方で、お茶作りをされているんです。普段はネットで注文を受けて、それを送ってくださるんですけど、二月だけ、おうちのご事情とかでお店を閉めて山を下りられるので、そのついでにここへ直接行商にいらしてくださるんですよ」

「二月？」

「そう。うちの会社の二大都市伝説。二月だけなぜか現れる幽霊うさぎ。そして同じく二月だけ山から下りてくる社長のお身内があまりにも美しすぎる件について」

「え、身内？　……いや東郷、その前に、なんかその最後の締め方、文章的にちょっとおかしいからね」

「おかしくもなりますよー。だってあの外見でもう八十歳を超えていらっしゃるとか凄すぎません？　もう、見ているだけでありがたすぎて寿命が延びそう」

「仏像か、あるいはキリストの絵画みたいな扱いだね……いや待って、八十!?」

その言葉に、茉奈は勢いよく柾を振り返る。「どう頑張ってもせいぜい四十二歳の井坂さんと同い年くらいにしか見えないんだけど……」と呟いた茉奈の言葉はそっちのけで、「柾さんはリアル奇跡です」と隣の同僚は麗しい紳士の背中を拝んでいる。

そして。二大都市伝説の片割れであるうさぎは、今茉奈の腕の中にいるわけだが。

知らない人には自分から近づいていくこのうさぎが、柾にはさして興味を示さなかったのは、彼が既に知っている人だったからかと茉奈は合点した。

「あれ、ニノさん。そんなペンダント、今朝してましたっけ？」

東郷がふと、茉奈の胸元に目を向けた。うさぎが鼻先を近づけている香油の小瓶に茉奈も目を落とし、そして美しき紳士を拝む女子社員たちの周囲に漂う幸せオーラにもう一度目をやり、「ああ、うん、まあね……」と曖昧に返事をした。

「奥様が遺されたお茶のレシピをなくさないように、今は柾さんがそれを引き継いで作っていらっしゃるんですって。いいですよねー、なんか純愛って感じ？　……あ、ニノさんにも特別に飲ませてあげますよ」

そう言って、東郷が淹れてくれたお茶は、甘さの際立つやさしい舌触りで、マグカップから立ち上る香気が、公園の空気で冷えた茉奈の鼻先をふんわりとあたためた。

「あ、おいしい……」

「でしょー？　やっぱり絶対に寿命が延びますって。イケメン翁《おきな》が作る純愛ハーブティー」

「少なくとも東郷にコピーライティングの才能が皆無なことだけはわかった」

「ひどーい」

あの大きなトランクの中身はお茶だったわけねと、華やかな笑顔を振りまく紳士を改めて茉奈は眺める。

「……しかしお身内か。全然似てないけど」

あのイケメンっぷり、そして若さっぷり、と呟いた彼女の背後で、

「おれの母方の祖父だか誰かの、さらに従兄弟《いとこ》だったか再従兄弟《はとこ》だったかとか、そんな感じ」

いつの間にか寄ってきていた井坂もぼそっと呟いた。

「そんな感じって」

というか、ならば本当に彼の年齢はあなたより上なんですね、八十を超えているか

はともかくとしてと、ぼさぼさ頭の中年っぷりを遺憾なく発揮している井坂の姿を見ながら茉奈は思った。

「まあ、遠いんだか近いんだかよくわからない血縁者なんだけど。正直あの面構えについては、おれもうらやましいと思わないことはない」

「残念でしたね、遺伝子マジックが起こらなくて」

「全くだ」

うわー、ニノさんってば曲がりなりにも会社のトップに対して容赦ない容姿のこき下ろしを、とそのやりとりを聞いた東郷が笑い転げながら自分の席へと戻っていく。

その後、配達のお茶を捌《さば》き終えた紳士を井坂から改めて引き合わされ、今さらな感じで挨拶を交わした茉奈は、なんとなく他の人間の注意が柾から逸《そ》れたタイミングを見計らい、そっと尋ねた。

「この香油は、お茶みたいにお作りにならないんですか?」

「ええ、それは、彼女にしか作れないんです」

「そうなんですか……」

先ほどの社員の大騒ぎぶりを見るに、柾の手作り香油なんて間違いなく売れそうなのになとこっそり思っていると、紳士は小さく笑って続けた。

「お茶と同じで、レシピは残してくれたんですけどね。どうしても、私には作れない。

まだ手元には彼女が作ってくれた分がありますが、それもいつかはなくなってしまうでしょう。だから、本当は私が再現できれば、お茶みたいに妻の遺したものをもっとみなさんに楽しんでいただけてよかったんですが。……でも、ひとつくらい、私が妻に関して独り占めできるものがあってもいいのかもしれないと、今は思わなくもないんです。このお茶の味は、もう独り占めにはできませんからね」

「……やっぱりこれ、お返ししましょうか？」

「いえ、二宮さんには……、私の独り占めぶりを目撃していただく役目をお願いしたいような気がします」

ふふ、と茉奈は笑った。

「また悋気ですね」

「はは、そうですかね」

柾はそう言うと、目を軽く細めて茉奈の胸元に下がる小瓶を見つめた。

「その香りが、少しでも二宮さんのお役に立つといいんですが」

「……もう、今の時点でも十分役に立ってくれてます」

「そうですか？」

「はい」

大切にしよう。そう思った。

おだやかな午睡のような、しあわせな夫婦という関係性が、たしかにこの世にはあるのだということを、体感として知った記念に。

だからわたしはここへ来た

紳士の来訪から数日後。

昼休憩が終わり、パソコンに向かった途端、傍らのスマートフォンがぶるっと震えてメッセージの通知を伝えた。

仕事しようとした瞬間にやる気を削《そ》ぐようなタイミングで届くなあ……、と思ってアプリを開いてみると、それは、部下である茉奈に仕事をきちんと遂行させなければいけない立場のはずの、井坂からのものだった。

『グーグル先生によると、うさぎは寂しくても別に死なないらしいから、今日はおでんを食いに行こう。志ずゑに十九時』と書かれていた。

井坂が「うさぎ、寂しい」と検索窓に入力しているところを想像して、仕事しなさいよあなたは、と自分のことは棚に上げて、茉奈は少しだけ思った。

うさぎの幽霊は、今日はずっと彼女の傍らで寝ている。あの紳士からもらった香油がとにかく気に入ったらしく、茉奈の首から下がる小瓶になんとかして触ろうとするので、それを少し染み込ませた小さいタオルを、サブの折りたたみ椅子の上に置いてみたら、そこから日がな一日離れなくなった。柾自体には懐かなかったくせにと、その満足げな寝姿を見るたび、少しおかしくなる。

それはさておき。茉奈は改めてモニターに向き直る。久々の絶品おでんを思う存分楽しむために定時退社をするべく、目の前のキーボードをぽん、と叩いた。

「ひさしぶりだよね、ここ」

学生時代によく来たおでんの店の、関東風の出汁《だし》で煮染《にし》めたようなのれんをくぐればそこには、おそらく自分たちの後輩であろう学生たちと、どこかの学部の講師だか教授だかが適度に交じり合って座り、おでんの種をつついている。

同じ大学出身の茉奈と井坂は、たまに連れ立ってこの店に来ていた。

正確に言うと、この店で仕事明けに茉奈が一人でおでんを食べているときに、井坂がたまたま来て同席したのが、二人が付き合いだしたきっかけだった。実はおでんを食べに行くと茉奈が東郷に話していたのをこぼれ聞いた井坂が、きっとこの店に違いないと突撃したというのが真相だったのだと、彼女は後に高野から聞いた。やはり自分は、警戒心が強い割に、少し身近になった相手に対しては隙がありすぎるのかもしれないと、そのとき思ったのを、おでんのあたたかな匂いを嗅ぎながら、茉奈は思い出していた。

　そして、あれ？　と首を傾げる。

「谷崎《たにざき》さん、少し、おでんの種類が増えました？」

　髪が減った分、腹の肉が増えたこの店の大将は、出汁の湯気でてらてら光っているおでこをこちらに向けて笑った。

「お、よくわかるね。実はちょっと増やした。若いお客さんたちから、結構変わり種のリクエストをいただくようになったもんでね」

「そうなんだ。なんか、前と匂いが変わった気がしたから」

「おお、なかなか二宮さん、敏感だねえ」

「そう？　なんかもう、すっごくいい匂い。早く食べたいです」

　おーい、茉奈ちゃん早く座りなよー、とさっさとカウンター席の隅に陣取った井坂が呑気な声を上げた。

「おれ、お酒を飲まなくてもつらくないおでんの店って、ここくらいしか知らなくてさ」

　大学のすぐ側にあるこの店の客の中には、まだ酒を飲んではいけない年齢の学生も多いので、ここは酒以外の飲み物もかなり充実している。現に今、店内で酒を飲んでいる客とそうでない客の割合は、六対四くらいで、わずかに酒飲みの方が多いくらいだ。

「なんで？　飲まないの？　ここに来たらいつも升酒だったのに」

茉奈は、家でお酒を一人で飲むことはまずないが、おいしいお酒の置いてある店では、いつもお酒をきっちりいただくことにしている。

「なんだよ、一人だと頼みづらいじゃない。頼むけど。谷崎さん、升酒」と言いかけた彼女の頭を、おしぼりで拭いた手で井坂は軽くこづいた。

「聞こうよ茉奈ちゃん、無類の酒好きのおれが今日は飲まない理由をさあ」

「え、別にいいよそんなの。休肝日とかじゃないの？」

軽くいなそうとして、微妙に涙目になっている井坂に気づいてぎょっとした茉奈は、お通しを手に、少し固まった。

「……なに。どうかしたの、気色悪い」

「理由を聞いてください」

「……わかりましたよ。なんで今日はお酒を飲まないんですか」

「茉奈に、お願いがあるからです」

「……なに？」

「おれも飲まないから、おまえも飲むな」

「えええええ、なにそれ意味わかんないからやだよそんなの」

茉奈が思わず上げた抗議の声を無視して、井坂はカウンター席の長椅子をまたぐように彼女へと向き直り、その両肩を押さえて顔を覗き込んだ。

「井坂さん、無駄に顔が近い」

「うるさい。あのね茉奈、どうしても飲みたかったら、その前に病院に行ってください」

「なんでよ」

「おまえ、妊娠してないか」

言われた彼女は、あっけにとられた。

「いや、井坂さんが子供好きなのはよく知ってるけど、想像で人を妊娠させないでよ。ていうかそれどういう逆想像妊娠」

「想像じゃないと思うから言ってる」

「……じゃあ一応聞くけど、なんでそう思うの」

「勘」

「却下」

カウンターに向き直ろうとした茉奈の肩を、もう一度井坂は押さえつけ直した。

「ちゃんと聞いて。これは茶化さないで」

いつになく真面目な表情の井坂に、押さえられた茉奈の両肩がわずかに緊張した。

多分、怖い、と自分は今感じているのだろう、と彼女は思う。

なんだよこんなときだけ、人を怖がらせるまっとうな幽霊みたいな圧を醸し出さないでよ、と茉奈は目の前のひょろりとしたシルエットに八つ当たりしたい気持ちでいっぱいになる。

「この間気づいたんだ。茉奈、少し匂いが変わった」

そして人をこの店のおでんみたいに言うなよ、とも思う。

「……ミルクくさくなったとか言うんじゃないんでしょうね」

「そうじゃなくて。体温が高い感じ。茉奈、基礎体温って測っていなかったっけ？最近どうだった？」

どうだっただろうか。右手をバッグに突っ込んでスマートフォンを取り出すと、月経チェックのアプリを開いた。ここ最近のデータを確認する。たしかに基礎体温は少し上がり気味だった。

しかしもともと毎月決まった周期で訪れることが珍しいほど生理が不順な茉奈は、単にそのぶれのある生理開始日をなんとか予測するためだけに、それを測っているようなものなので、開始日のどん、と体温が下がるタイミング以外、現れる数値に気を配ることなど実はなかった。しかし。

「なんだってこんなことに、本人よりめざといのよ……」

「だって、おれ、子供欲しいもん。誰よりも敏感になるさ、自分の子供の気配には」

「気配て」

茉奈は狼狽《うろた》える。妊娠の可能性に、ではない。その表現の仕方にだ。

己の腹を見下ろす。それなりにやわらかく、三十路《みそじ》の脂肪に包まれているそこは今、ふんわりしたセーターに覆われている。

この布が、三、二、一、はい！　というかけ声とともに外されると、そこにはおめでたなにかがふんぞり返って現れる、ということなのだろうか。

いや、妊娠て。

あまりの衝撃に、呑んでもいないのに目眩《めまい》がするのを彼女は感じた。

「茉奈は、あんまり子供が欲しそうじゃないから、もし自分でこれに気づいても、気づかないふりで無茶しそうな気がして。正直さ、少し怖かったんだよ。おれも気づかなくて、仕事をいっぱいふっちゃってたから余計に」

気づかないうちにそこにいるなんて。

それこそまるで幽霊かお化けみたいじゃないかと言いかけて、茉奈はふと目を瞬かせた。

——もしかしたら。

頭の片隅でうっすらと思う。もしかしたら。

怖がらせることの苦手な幽霊は、自ら怖がってしまうのかもしれない。幽霊は怖がらせる者じゃなくて、「怖い」ことから離れることのできない存在なのかもしれない。

なぜ今、そんなことを思ったのかはわからなかった。けれど何か、茉奈の腹の奥底に、それは空からすとんとまっすぐに落ちてきたかのように、感じるものがあった。

「でさ」

黙り込んでしまった茉奈を、一応気遣っているつもりなのか、井坂が一転して軽い口調で言った。

「もちろん婚姻届は出させていただくわけだけれど」

「え、だってまだいるかどうかわかんないじゃん、赤ちゃん」

「なに茉奈、もしいなかったら、おれと結婚しないつもりなの」

「届を出さずに事実婚という選択肢もあるよ？　……いや、というか」

「なに？」

「正直ちょっとめんどくさい……」

というよりは。茉奈はぎゅっと目を瞑る。

本当に正直に言うならば、ただ怖かった。身内になるということは、これまでの茉奈にとっては「そのうち自分の敵に変わる」人間を作るということでしかない。それ以外の関係性を彼女は知らず、そして積極的に考えようともしてこなかった。知らないなら知らないままでもいい。このまま、そろそろと静かに、息を潜めるようにして生きていけるならそれでもいい。なにやら希望の匂いのすることを知ろうとして、また痛い思いをするくらいなら。そう思ってきた。

それに、井坂は勤め先の社長でもある。彼が敵になれば、彼女は今の条件のいい職場も失うことになる。そして、なんとなく愛されている感をふんわり味わえる、今のお気楽な恋愛っぽい関係も失ってしまう。

茉奈は自分の右腕、自分がやりたいことを決めたあのときに刃物から守り抜いた利き腕を無意識にさする。セーターの袖口から覗く肌にびっしりと鳥肌が立っていた。

一度瞑った目を、開けることができずにいる茉奈の背後で、がらりと店の戸が開く音がした。

外から吹き込んだ冷たい風が、辺りに漂っていたあたたかなおでんの匂いを、彼女の鼻先にふわっと巻き上げた。

「おお、いらっしゃい」

「こんばんは。もう店の外までいい匂いだよ、腹減った！」

その一瞬の風が、首にかけた香油の小瓶を小さく揺らした。

――いい匂いだなとか、おいしいなとか、そういうささいなことが感じられていれば、人はだいたいのことは大丈夫なのではないかなと、私は思っておりましてね。

ふと、あの日の柾とのやりとりがよみがえる。

茉奈はゆっくりと目を開けた。

両肩にそっと手を置いたまま、じっと彼女が目を開けるのを待っていたらしき井坂は、それを見てかなりほっとした表情になった。

「だーいじょうぶだって」

「え？」

たった今、頭の中でよみがえったばかりの紳士の言葉と同じ「大丈夫」というフレーズが目の前でリフレインされたことに、彼女は少し驚く。

「だっておれ、めっちゃイクメンになるし。そもそも、おれがうちの会社の福利厚生を決めてんのよ？　いくらでも産休育休取れるし、時短勤務とかだってやり放題よ？　働くお母さんにとって、これ以上いい条件の結婚相手はいないと思うけど」

「イクメンという言葉を自ら得意げに使う男は絶対に信用するなって、この間バツイチになった友達が言ってた」

「え？　あー……」

「……まあ、そんなことよりも。それでうちの会社って今回るわけ？」

「子供も育てられない会社に未来はない」

「ああ、たしかにそれは正論だ……」

「それに、社長の妻が自ら休みを取ったら、他の女子社員も休みやすくなるでしょうよ。これはもう人助けだと思って」

不意に、ことりと音を立てて、おでんの山盛りになった皿がカウンターに置かれた。

「あれ、まだ何も頼んでないですよ？」

茉奈が顔を上げると、白い湯気の向こうで大将が笑って言った。

「いやー、なんか目出《めで》たそうな話がうっかり聞こえちゃったんで、適当にみつくろってみました。新しい種も入れといたから。あ、ついでにこれ、ぼくのおごりです」

「じゃあ、ホタルイカの沖漬けもついでにおごりで」

目を輝かせて追加注文をした井坂の頭をこづいて、茉奈はおでんの皿に向き直る。

独特の甘酸っぱい香りが立ち上る丸ごとのトマトを、井坂の取り皿にすべて盛った。

再び涙目になる大のトマト嫌いの彼を尻目に、茉奈はよく味の染みた大根を一人でしばらく黙々と頬張る。

大根、卵、昆布、はんぺん、餅巾着。

「……ねえ、井坂さん」

あらかた皿の中身を食べ終えた後、茉奈はぼそりと言った。

「なに？」

「これ。おでん」

　井坂の前の取り皿を指差す。

「今、いい匂いって感じる?」

「ん?　うん。もちろん」

「おいしいって感じる?」

「うん」

「トマトも?」

「……うん。食べてみたら意外といけた」

「井坂さんのは食わず嫌いだったもんね」

「トマトだけはね。でもこれはおいしい」

「……わかった」

「茉奈は?」

「え?」

「茉奈はどう感じているの、今」

「うん……」

「いい匂い?」

「うん」

「おいしい？」

「うん」

いい匂いもするし、おいしいとも感じる。茉奈ははっきりと言った。

「あのね、井坂さん」

「なに？」

「わたし、ちゃんと飽きたみたい」

「ええええ、まさかこの流れでおれに？」

「違うよ馬鹿」

「……えーと、それは笑っているのかな。それとも泣いているのかな、茉奈」

「どっちも。めんどくさいから一緒にやって一気に終わらせるの」

ぽとり、と。

空いたおでんの器の中に、茉奈の涙が落ちる。頬を伝うそれが唇の端から口の中に入り込む。そのしょっぱさを彼女ははっきりと感じた。この涙の味は、おいしいとは思わなかったけれど。

「めんどくさいから一緒に終わらせるって、笑うと泣くを一緒にやる方がよっぽどめんどくさくないか？」と不思議そうに言いながら、茉奈のほっぺたを節くれた両の手のひらでぐいぐいと拭っている井坂に尋ねる。

「体温の高い匂いってどんな感じ？」

「そっか、自分だとわかんない？」

頷く彼女を、軽く目を細めるようにして見つめ、井坂は言った。

「凄く、しあわせになる。ていうか、なんかもう強制的にしあわせに首根っこをつかまれて向き合わされる、そういう匂いだよ」

「首根っこ？」

「そう。ぐいっと」

「強制的でもしあわせなの？」

「うん」


会計を済ませ、谷崎大将から万歳三唱で送り出された二人は、せっかくだからと店の近くにある母校の構内を通り抜けて駅へ向かおうとして、裏門の前で立ち止まることになった。

「そうか、二月だった」

「そうだったね……。すっかり忘れてたよ、今が受験シーズンだったなんて」

地域住民にも開放するというのがモットーの広いキャンパスは、ちょうど受験期間のため、二月のこの時期だけは関係者以外の立ち入りが禁止となる。

「現役じゃなくなると、こういうのってすっかり忘れるもんだね……」

「でも、懐かしいな。受験か」

キャンパスの外をぐるりと迂回《うかい》して、閉じられた正門の前まで出ると、普段ならサークル活動や夜間の講義があるため、遅くまで学生たちの姿が見られるそこは、すっかりと静まり返っていた。

「寒くない？」

「大丈夫」

「お腹《なか》冷やすなよ、はいこれカイロ」

「だからまだいるかわかんないって」

「いなくても。茉奈が冷えたらおれが嫌なの」

「はいはい」

手渡された白いカイロをコートのポケットに入れて、ぽんぽんとその上を叩いてみせると、井坂は満足げに「ん」と頷いた。

キャンパスの外の並木道を、駅に向かってゆっくりと歩く。あちこちに植えられた大きな銀杏《いちょう》の木もすっかり葉を落とし、下から見上げた濃紺の夜空には、黒い枝が網をかけたように広がっていた。

「おれがここに通ってる頃は、茉奈はまだ小学生？　中学生になってた？」

「ぎりぎり小学生かな。……思い出した。そういえばその頃、学園祭を見に来たことがある」

「へえ、友達と？」

「一人で。屋台のたらバタうどん食べて、展示とか見て歩いた。制服姿の女子高生をナンパしてるお兄ちゃんとかたくさんいたな。井坂さんもした？　当時」

「……聞かないでください」

「ああ、下手そうだもんねそういうの」

「追い討ちをかけないでください」

その当時、たまに遊びに行っていた繁華街のショッピングモールなどの喧騒《けんそう》とは全く性質の違う、いるだけでぐわんぐわんと体を振り回されるような、生っぽくてエネルギッシュな独特の空気に圧倒された。騒がしくて、熱っぽくて、そしてうらやましかった。

誰かとこうやって関わることのできる場所に、自分も行きたい。

実年齢よりもかなり見た目が幼かった茉奈が「やだー、小学生？　一人で来たの？　かわいー！　もう、お姉さんがこれおごっちゃう！」と屋台にいた女子大生から渡されたアイスクリームのてんぷらを手にそう思ったのを、今の彼女もまだ覚えている。

そうだ。

茉奈は立ち止まる。

関わりたかったのだ。自分は。

そのために十数年前の二月、自分はこの場所に来た。

「どうした、茉奈」

井坂が振り返る。

「ねえ、前に言ってたよね。あのうさぎが二月しか出てこない理由を知ってるって。どうして二月だけなの」

たまたまだとは思う。それでも、今、このタイミングで、彼女はなんとなく知りたくなったのだ。

二月にだけ閉じられるこの扉の外の世界で、二月にしか現れない存在に自分が触れた理由を。

「大切な人の亡くなった月だから」

「え？」

「そのときの記憶に捕まらないように、逃げてきてるんだよ、あのうさぎ」

どういうこと、と言いかけた茉奈の言葉を遮るように、唐突に鐘の音が鳴り響いた。

振り返ると、正門の向こうにライトアップされた大講堂の時計台が見える。

その夜の音は三回繰り返して鳴り、そして消える。

「……なーんてねー」

鐘の音が消えるのと同時に、井坂が口を開いた。

「信じる？」

「し、んじるって言われても……」

既に話の対象が「幽霊」である以上、今さら信じるか否かなど問われても、という気持ちが顔に出たのか、井坂が「茉奈、なんか目つきが凶悪になってる」と笑う。

「うさぎは寂しいと死ぬって実は本当なんじゃないかって、あいつ見てると思うんだよね」

「え、でもそれって俗説なんでしょ？　グーグル先生で調べたって、自分でさっきメッセージに書いてたじゃない」

「そうなんだけど。なんか、それを一生懸命隠して生きているんじゃないかなって。『寂しいから死ぬなんて嘘っぱちです』って顔をしてさ」

「……どうしたんですか、今日はまた一段と乙女らしい発言をしてますけど。なりは中年オヤジのままで」

「未来の妻がしない分、おれがその要素を補給することにしたんです、この関係性に」

「ああそうですか。そしてついでに言うならあのうさぎ、幽霊なんだよね？　生きてはいない気が」

だから細かいことは気にしない、と井坂は笑った。

「おれ、思うんだけどさ。寂しいと死んじゃうなら、その寂しさから全力で逃げれば死なずにすむ気がしない？」

「ええ？　そういうもの？」

「んー、まあ、わかんないけど」

ただ、これだけは思うよ。井坂は続けた。

「そういう逃げるための場所って、この世に生きるものすべてにとって、いちばん必要なものなんじゃないのかな。いつもいるところではない場所。ちょっとでも休むとのできる場所。ほら、長い階段も踊り場がないと、上るのも下りるのも結構しんどいじゃん。フルマラソンだって、給水所があるのがわかってるから走れるみたいなところがない？　そうやって『あそこがあるからきっと大丈夫』っていう場所、というか拠《よ》り所《どころ》？　それを持っておく、持っていないと思うなら無理やりにでも作っちゃうのが、この世となんとなく仲良くやっていくコツなんじゃないのかなって」

「つまり、うちの会社は、あのうさぎにとって、……この世界から消滅しないための避難所とか、ちょっと良さげに言えば別荘みたいなものってこと？」

「そういうこと」

「……ちょっと待って」

「なに？」

「二月だけ、亡くなった人の思い出から離れるためにうちの会社に逃げ込んできているというのは、まあいいよ。その話、前に聞いた『怖くない恰好なら出てもいいよ』って言われて人型からうさぎになった幽霊っていう話と、どうつながってくるの？」

「……あ、やべぇ、その話があるのを忘れてた。整合性がとれないよなあ、これだとたしかに」

「えええええ？」


そして翌日、井坂の手で病院に連行された茉奈は、自分の腹にしっかりと子供が宿っていることを知らされる。

彼女の横で社長でもある井坂は狂喜乱舞しつつ、スマートフォンで迅速に「本日井坂と二宮はプレ育児休暇を取ります」と、高野にメッセージを送りつけた。

即座に「好きにしろ」という取締役からの返信がポップアップされた画面を覗き見

て、意思疎通の早すぎる職場でありがたいことだよ、と茉奈は笑いをこぼす。

「あ、やっと笑った」

「え？」

「緊張してただろ。今朝からずっと顔が固まってた」

とりあえず昼飯を食べに行こうかと、井坂は茉奈の右手を取って歩き出す。

「なにが食いたい？」

「うーん、あったかいものがいいな。スープ系」

「了解。あ、そうだ、茉奈」

「なに？」

「一応聞くな。ご両親への連絡はどうする」

――お二人の居場所、調べることはできるよ。

井坂は静かにそう言った。

「……うん」

茉奈は、つないだ井坂の手をぎゅっと握り返す。右手があたたかい。

「今は、しない。そう決めた」

いつか、連絡を取ろうと思うときが来たらでいい。そしてもしそのとき、彼らがもう死んでしまっていて、直接話をすることが叶わなかったとしても、それでも「自分が話をしたい」と思ったときが、そのタイミングなんだと思う、と彼女は続けた。

「ん。わかった」

井坂は頷くと、茉奈の首にマフラーをぐるぐる巻きにした。

「あ、飯の後にさ、腹巻きも買いに行こうか。今ってカラフルな、かわいいやつがあるんだよねー」

「なんで井坂さん、そんなに昨今の腹巻き事情に詳しいの……」

本来なら。

このタイミングで絶縁した親に連絡をしてみる、というのが親子関係においてあらまほしき素晴らしい形というものなのかもしれない。実際にそれをやってみて、長年のわだかまりがきれいに雪解けしてハッピーエンドになるか、あるいは、さらにわだかまりが積み重なってバッドエンドになるかはわからないにしても。

でも。今のこの選択を、たとえどれだけ後悔する未来が訪れたとしても。

その選択をした今の、この瞬間の自分のことを、これから先も自分だけはなんとか否定しないであげたいものだと茉奈は思う。

「井坂さん」

「ん、なーに？」

そして多分、世間的には「正解ではない」と言われるであろう茉奈の出した答えに、一切の否定をせず、その上で側にいてくれる人がいる。

そんな空間はきっともう逃げ場ではなく、新たな居場所と呼んでしまってもいいのではないだろうか。

「腹巻き、おうち用にはもっこもこのやつが欲しいな」

「お、任せとけ」

目の前のこの男と、そして腹の中の子と。正解ではなくてもいいから、ただ、新しく答えを作っていける関係を築いていくのだ。ひとつずつ。焦らずに。行けるところまで。そして叶うことならば、その先まで。

茉奈は、自分ではまだ膨らみのよくわからない腹を見下ろす。

ここに、これからどんな愛らしい腹巻きが巻かれることになるのやら、と微笑んだ。


朝十時。あたたかなデカフェのミルクティを片手に、茉奈は職場の扉を開ける。いつもなら茉奈のデスク周りで転がっているうさぎの姿が、その日はどこにもなかった。どこか遊びにでも行っているのかな……とあまり気にも留めず仕事にとりかかったが、結局帰宅するそのときまで、うさぎが姿を現すことはなかった。

それは三月のはじまりの日。

うさぎは彼女の前から消えた。

「うさぎ、本当にぱったり出てこなくなっちゃったそうですねー。残念」

資料の買い出しが終わって事務所のドアを開けると、出来上がったばかりの書籍の見本と、大量のシュークリームの差し入れを持った樋口涼子氏が、東郷とお茶を飲みながら手を振って出迎えてくれた。

「あれ、お待たせしちゃいました……？」

打ち合わせ時間を間違えたかと焦る茉奈に、樋口は「いーえー、少しでも早くうさちゃんに会いたくて、ちょっとばかりフライングしてお伺いしました」と笑った。

「それからニノさんが元気なくて、って話もしてたんですよ。せっかくイケメン翁と親戚になるっていうのに」

「イケメン翁？　なんですかそれ？」

「ふふ、あとでニノさんから直接聞いてください」

首を傾げる樋口の前で、東郷がにやにや笑いながら立ち上がり、席を空ける。

茉奈は「やかましい」と東郷を軽く睨《にら》んで、椅子に腰掛けた。外から帰ったばかりの尻の下、東郷の体温の残った座面が妙に生暖かい。

「妊婦は体を冷やしちゃいけないでしょう？　あったためときましたから」

「あったためときましたからって、あんたは秀吉《ひでよし》ですか……」

お茶淹れてきますねー、樋口さんももう一杯どうぞ、さっきお出ししたのとは別のお茶なんでと東郷が給湯室へ向かう。

「しかしびっくりしました。おめでたおめでとうございます」

「おめでたおめでとうって、なんか寿限無寿限無、みたいですね……」

ありがとうございます、と茉奈が口の中でごにょごにょ呟くと、樋口は笑った。

「おめでた発覚と同時に発売になるなんて、なんか縁起がいいかも。この本」

と、テーブルに置かれた見本の青い表紙を軽く撫でている。

この間も、幽霊うさぎを見て「縁起がいい」と言っていたような気がするが……と思いながら、茉奈はなんとなく辺りを見回してしまう。たった一か月、周りをうろちょろしていただけなのに、それでもいなくなると妙な心持ちになる。なにかが不足しているようなな。

一度手に入れたものをなくすときの、この妙な寂しさを乗り越えられる人はきっと断捨離に向いている。パーテーションの向こうで書類が雪崩を起こしかけている己のデスクの悲惨な状態を思い浮かべながら、茉奈は軽く首を横に振った。

「それにしても、面白いですね。二月しか出てこないなんて決まりがあるとは」

「東郷は、『出てくる季節が一か月ずれていれば、アリスの〈三月うさぎ〉になれるのにねー』なんて言ってましたけどね……」

「三月うさぎかあ。ティーパーティとか呼んでくれそうですね。たしかに幽霊というよりは、ますますメルヘン的な何かに近づいていく感じがしますけれども」

湯気を立てるティーカップと、シュークリームを三つ載せたお盆とともに、給湯室から戻ってきた東郷が茉奈の横に腰を下ろした。

「はーい皆様、それではイケメンがブレンドしてくれた極上のお茶で、ティーパーティを始めましょうか」

「あら、イケメンブレンドだなんて最高ですね」

「お茶はありがとうだけど、あんた仕事は」

「今、三時ですよ。おやつ休憩」

甘党のおっさんたちが帰ってくる前に、樋口さんも一緒にこれ食べちゃいましょうよ、とシュークリームを人数分の皿に取り分けながら東郷は続けた。

「二月だけうさぎが出てくる理由って、あたし的には多分こんな感じかなと思うんですけど。約束を守り続けているんじゃないですか？　人に迷惑をかけなければ、ここにいてもいいっていう、かつての宿の主人との。本当に〈三月うさぎ〉になって、周りの人を惑わせまくることのないように」

「……その前にさ。三月うさぎって具体的になにをやらかしたんだっけ？」

「えんえんとお茶会を続けているくらいしか覚えてないです」

まあ、お茶会がいつまでも終わらなかったら激太りしちゃいますよね、そして始まらなければ太ることもない、とシュークリームを三口でほぼ腹におさめた東郷は言った。

「……新美南吉に加えて、今度はルイス・キャロルの世界になってるんだけど」

その「約束を守り続ける」なんて発想の方がよっぽどメルヘンなのでは、と脱力している茉奈に、「名作童話縛りで、胎教に良さそうですね」と樋口が笑った。

井坂の言っていた「逃げてきている」という話が本当かどうかは別として。

たしかに、一月でも三月でもなく、春になる前、一瞬冬が極まるようなその月にこそ、あのもふもふとした姿はいちばん似つかわしい気がした。

そんな「自分の見た目にいちばんふさわしい一か月の間のみ姿を現す」というのは、人を怖がらせないために頼りないうさぎの姿を選んだなどと言われてしまう、なんとも迫力のない幽霊の抱いた唯《ただ》ひとつの美意識、というか矜持《きょうじ》、なのかもしれない。

もちろんそれは茉奈の勝手な想像であり、あのうさぎの本心など、当たり前だが彼女にはわからない。でも。

逃げたり隠れたりごまかしたり。そんなある意味後ろ向きに見える行動にも、自分の思いは込められる。込めることはできる。

シュークリームに鼻先を近づけてみた。あのうさぎのように。漂う乳製品の香りに、少し心配していた吐き気は起きなかった。いい匂いだとひと口かじる。

甘い。その甘さのやわらかい塊が、茉奈の腹の底へとろとろと落ちていく。大口を開けてこの塊がたどり着くのを待っているしわくちゃの赤子の姿が思い浮かび、そのあまりにかわいくないビジュアルに彼女はぎょっとして、思わず噎《む》せた。

「がっつかないでくださいよー。なんなら赤ちゃんの分もシュークリームはまだありますからー」

東郷が茉奈の背中をさすりながら、げらげら笑って言った。

「東郷さん、赤ちゃんの分って」

「ん、うちのおっさんたちにとってある分です」

「あはは、おっさんって。かわいそうな井坂さんたち」

そしてひと口お茶をすすった樋口の呑気な笑顔が「……うわっ、このお茶本当においしいですね。あとで買える場所教えてください。手土産にも絶対喜ばれそう」と驚きの表情に変わった。それを見た東郷は「やったー、柾さんに新たなお客さんゲットしましたってアピールしなきゃ」とはしゃぎながら、お茶のおしゃれな和紙パッケージの後ろに刷られた茶房のＱＲコードを、樋口の取り出したスマートフォンの前に速やかに差し出している。

　それにしても。派手に噎せ返ったせいでまだ軽く涙目の茉奈の前で、スキャンを終えた樋口は言った。

「来年の二月になったら、またあのうさちゃんに会えるんですかねえ」

「……その辺はどうなのよ、東郷」

「え？　ああ、毎年二月に必ず出るかってことですか？　少なくともこの四年は毎年出てきてますから、出てくるんじゃないですか？　来年も」

　ほらー、あれですよなんだっけ、災いは忘れたころにやってくる的な……と東郷は言って、テーブルの上に置かれたままの見本の書籍を、ぱっと取り上げた。

「たしかこれに書いてありましたよ。ああ、あった。願いは叶っていると気づいたときにあなたの横にいつでも姿を現すって。実は自宅にいましたよ青い鳥、みたいなことですよね？」

「災いと願いって全然違うじゃんよ……。っていうか、いつの間にあんた、この本を読んでたのよ」

「え、あたし結構みなさんが手がけてる書籍のゲラ、読んでますよ？　暇潰しに」

「人の仕事で堂々と暇を潰さないでくれる……」

「まあまあ、本は、読者に暇を潰してもらえればこっちのもんってやつですから、つまり私たちの仕事は大成功ということですよ、二宮さん」

樋口が笑いながら「青い鳥って、どこまでもメルヘンチックですね、なんか今日は」と続けた。

「ほら、装丁も青系でばっちりじゃないですか」と東郷も笑っている。

茉奈も、つられてなんとなく笑いながら、ふと考える。

今さらながら気づいた。

あの、人恋しさのあまりうさぎになったらしき幽霊が、やたらと茉奈の周りをうろちょろしていたのは、特に彼女に懐いていたからというわけではなく、単にこのひとつの体が、二人分の気配を抱えていたからかもしれない。

東郷がお茶をぐいっと飲み干して言った。

「来年、またうさぎが出てきたとして、誰にいちばんひっつきますかね。多分その人が次の妊婦。樋口さん、どう思います?」

「いちばんありそうなのは、東郷さんなんじゃないですか?」

「あたしはまだ彼と二人っきりでラブラブな生活がいいんですもーん。だからそれはなしで」

「なしですか。……じゃ、高野さんとかにひっついてたらどうなるんですか?」

「奥さんがおめでたとか」

「井坂さんだったら？」

「……わたしの体が保たない」

勘弁しておくれ、と茉奈はぼそりと言った。

「年子、いいじゃないですかー」

「ていうか、仕事もしたいもん」

「うん、私も、二宮さんのこれから作るものをもっと見たいです」

真面目な口調の回答に驚いて、茉奈が樋口の顔を見ると、このなかなかにやり手の編集者はにやりと笑った。

「二宮さんにとって、出産って『当たり前のことにずれが生じた状態』以外の何物でもないでしょ？　ほら、それってまさに私の大好物ですから。そういう状態を経験した二宮さんが作るデザインが見たいんですよ」

「……それはまた、戻ってきた瞬間からお仕事を発注していただけますよ、ということになりますかね」

「もちろんです」

いいなーニノさん、食いっぱぐれなしで復帰できますよと東郷が笑いながら続けた。

「でもまあ、来年の二月は、まだ育休まっただ中ですよね。仕事中にうさぎが出てきたら、あたしが写真を撮って送りつけてあげますから」

「……それはいいけど、幽霊って写真に撮れるもんなの？」

「心霊写真が存在する以上はいけるんじゃないですか？」

「それが出産祝いとかやめてよ」

「ばれたか」

「あ、私もその写真欲しいですー。撮れたらください、東郷さん」

「なんかにぎやかだねえ」

不意に、打ち合わせ室のドアから、ひょいと井坂が顔を覗かせた。シュークリームを片手に、樋口に向かって「おやつごちそうさまですー」と手を振っている。

「……でも、来年の二月、二宮さんがいない状態であのうさちゃんが誰にひっつくかっていったら、やっぱり井坂さんがいちばんお似合いかもしれないですね。なんというか、方向性的に」

お茶をすすりながらのほほんと呟いた樋口のその声は、茉奈の耳には入らなかった。ことにしておく。とりあえず。今は。

いちばん短く、そして長い月が終わって

大きな満月が少しだけ欠けた夜に、私は自宅の縁側でまた空を見上げている。

傍らには、このひと月の間持ち歩いた、大きな鞄《かばん》を置いたままだ。

「やっと帰ってこられました。二月なんて、本当は一年でいちばん短い月のはずなのに、一年でいちばん長く感じますよ」

二月のはじまる前に、ここに座ったときよりも、幾分か冷たさのぬるんだ、春の予感を含む風が、不在の間に少し荒れた庭を吹き抜けていった。

「波子さん、樹がお嫁さんを迎えることになりましたよ。心優しい、素敵なお嬢さんでした。あなたにも会わせたかったな」

家の奥から、白いうさぎが姿を現した。

「ああ、おまえさんは先に帰ってきていたんですね。道理で鞄が軽いはずだ」

白い相棒は私から少し離れた位置で立ち止まり、こちらをじっと見ている。

私の何を彼は観察しているのだろうと思いながら、鞄を抱えて立ち上がった。

「さて。そろそろ着替えましょうか。服が皺《しわ》になるでしょって、いつもみたいに怒られてしまいますしね」

そう呟いて、私はまだ羽織ったままのコートのポケットを探る。指先を滑る、ひんやりとした小瓶の感触。そっとポケットから取り出してみたそれには、あのお嬢さん――茉奈に渡したときのようなネックレスチェーンはついていない。

鼻先に瓶を持っていき、軽く匂いを嗅ぐ。

「ああ、今度は晩春の……なんだか元気な香りがしますね。――おや、随分と面白いモノも顔を出しそうだ」

それはともかくとして。

私は、次の行き先を示すその小瓶から一旦視線を外して、やっと帰ってこられた家の中を、春の初めの月明かりが差し込むその密《ひそ》やかな空間を、ぐるりと見渡す。

今は、ただこれだけを伝えたい。彼女に。

「まずは来年の二月まで、また一緒にいさせてくださいね。波子さん」

第二話　ロマンスの日にち薬——槇原花音の場合

質問したら、世界は答えを返してくれる。
その優しさ、あるいは律儀さ、それを「神様」と言うのかもしれない。

一発逆転のラブリーアイテム

居酒屋にて。

「困ったことがあったら相談する、というのが、人間が人間でいるための基本的方策だ。そう思わないか、花音《かのん》さんよ」

「で？」

つまりあんたは何が言いたいのか、と手酌をしようとお銚子《ちょうし》を左手で持ち上げた恰好のまま、槇原《まきはら》花音は顎をしゃくる。

「お願いします」

正面に座っていた坂上一臣《さかがみかずおみ》が突然、すっくと立ち上がった。座席の向こうから勢いよく花音の横に回り込み、正座する。

「花音。これをもらってくれ」

そして小汚い畳に額《ぬか》ずいたかと思うと、よれたデニムのポケットから、胡散臭《うさんくさ》いマジシャンのような敏捷《びんしょう》さで何かを取り出し、彼女の右の手のひらに押し込む。

この間、約三秒。

という早業に花音は面食らう。

「あの、ごめん。意味わかんないんだけど」

言いながら、彼女は右手を開く。

ビー玉のような、透明のガラスの小瓶がそこには転がっていた。

よく見ると、その中には液体が入っている。

透き通ったそれは、転がる瓶の動きにワンテンポ遅れるようにして、ゆったりと揺れている。水よりも幾分とろみのあるものの動きだった。

「……もしかしてなにかの新薬のサンプル？」

そんな質問が花音の口からこぼれた。

一臣は今、大学院で、なんとかという難しげな名を持つ薬学の研究をしている。

花音は何度説明を聞いても、彼の言っていることが理解できず、とにかくしょっちゅう、常に羽織っている白衣のあちこちを焦がしたり破いたりしている、ということだけは認識している。

それは、度重なる実験のためだけではなくて、その実験に巻き込まれた周りの人間（たとえばこの間のこと。一臣が研究室内ですっ転んでばらまいたなにかしらの粉末を、うっかり吸い込んでしまった後輩が、テスト期間中の三日間しゃっくりが止まらなくなり追試を受ける羽目になる。同じくそれを吸い込んだ先輩が、やっとこぎつけた初めてのデート中に腹を下して、意中の女性にあっさり振られる。その粉末の徹底洗浄のために四日間研究室が使用不可となり、担当教授がストレスで倒れた挙句に減俸処分。など）から、鉄拳制裁を食らった結果が含まれているのも知っている。

つまり、頭は良いのだろうが、あまり常識だの良識だのを持ち合わせているとは思えないこの従兄弟の、普段の行動を鑑みるに。

「あんたまさかわたしを、この液体を使った何らかの実験の被験体に仕立て上げるつもりなんじゃ」

「それ、犯罪だから」

「普通にやりそうだから」

「ひどくない？　そのおれに対する評価」

「ひどくない。むしろどこがひどい？」

で、今日わたしを呼び出した理由は、この小瓶を押し付けるためなんですか？　とテーブルに置いたままのグラスに、どぼどぼと日本酒を注ぎながら、花音は言った。

季節は春の盛りをとうに過ぎ、一臣が籍を置く大学も、そろそろ新入生歓迎色が収まり出した頃である。この大学の近くにある居酒屋にたむろする学生たちの数が、普段通りに戻りつつある今の時期、久しぶりに安くてそこそこうまい酒が飲めると思っていたのにと、従兄弟の不審な挙動に若干おかんむりになる彼女であった。

「押し付けるだなんて、人聞きの悪い」

突っ伏すような姿勢からそろりと顔を上げた一臣は、その口元を笑っているのか泣いているのかわからない微妙な形にひん曲げながら続けた。

「いや、実はさ。研究室の先輩とこの間久々に呑んで、彼女とマジでやばそうって言ったら、それを譲ってくれたんだよ」

「どの彼女とヤバそうなのさ？」

「商学部の」

「何人目」

「四人目」

「はいはい。で？」

割とすぐに振られては、間髪容《い》れずに次の彼女を作るこの男は、商学部在籍者の中では四人目にあたるとその相手について悪びれもせずに答えると、花音の手の中にある小瓶をもう一度「それ」と指差した。

「これ？」

「うん。絶望を希望に変える、一発逆転の秘密兵器って言ってた」

「は？」

「おまじないとか大好きな女子にお勧めのラブリーアイテムだ！　とも叫んでたな」

「はあ」

そもそも商学部の彼女、おまじないなんか好きなタイプだっただろうかと首を傾げながら、花音はグラスに口をつける。ガラスの表面に浮かぶ汗は彼女の指を伝って、木目の目立つ焦げ茶色のテーブルの上にぽたぽたと落ちた。

一生懸命「ラブリーアイテム」についての話を続けている一臣の前で、以前一度だけ顔を合わせたことのある、その彼女のことを思い出そうと花音は試みる。

たしか、かなり小柄でふわふわとした茶色い巻き髪の、ひと言で言えば彼女自身がとても「ラブリーアイテム」といった感じの子だった。一臣にもらったばかりだという、細い銀色の指輪が、同じく細い華奢《きゃしゃ》な左手の指に光っていた。

そして彼女は、そのかわいらしい口で、このようなことを言っていた。

『人にとって必要なものなら、どんなものでも商売になるもんなんですー。逆に商売にならないなら、それは誰にとっても必要じゃない。だから、値段をつけておいて売れないものなんて、私はいっっっっさい信用しませんっ！』

そうか、必要でなければ売れないのか、とちょうど新しい水商売のアルバイトを始めたばかりだった花音は、我が身を振り返りつつ、そんなことを思ったのを覚えている。なぜそんな話になったのかについては、全く覚えていないが。

そんな彼女に対して、一体どんなふうにこれを渡したんだろうと思いながら、花音は口を開いた。

「つまりなんなわけ」

「だから！　ディズニーのアラジンみたいな！　君はジャスミン姫だよ、君のお願いをなんでも叶えてくれるアラジンを連れてきたよ、的な！」

その言葉に、花音は思う。

そのアニメ映画ならかろうじて見た記憶のある、くらいの知識しかない自分ですら、なんとなくわかる。そのお願いを叶えてくれるのは、アラジン自身ではなくて、彼の持っている魔法のランプの中に住まう妖精だか妖怪だかではなかったか。

なんにせよ。

願い事をひとつ叶えてくれる魔法の小瓶、と。

まあ、酔狂だこと。

花音は真顔で息をつく。

「で、振られたと」

「……なんでわかるんだよ」

「むしろなんでわかんないと思うの」

その言葉に、ひどくしょんぼりと肩を落とした従兄弟の情けない姿を見て、少しはフォローするつもりで花音は言葉を続ける。

「ああ、でもあんたは、基本的にそういうことを信じるタイプだもんね……。UFOだの、この間教えてくれた……ええと」

「UMA」

「それだ。あと、都市伝説だの月刊ムーだの、大好きだもんね……」

だって楽しいじゃん、と一臣は落とした肩を再び上げる。

知らんがな、と思いながら花音はその肩の上がり下がりをぼんやり見つめる。

「でさ、それを渡す相手はおれの彼女だったわけじゃん？　だから絶対、こういうアイテムは彼女の心にクリーンヒットすると」

「思う根拠が『自分の』彼女だからというところが、わたしは本当に怖いですよ……」

おれの確信している持論は、おれが好きだと思っている人間全部に必ず通じる、とでも本気で思っているんですか？　ねえ、あんたどれだけ自己中なの？　と、酒の勢いに任せて言ってみたところで、目の前の男の顔には「何を言われているのかさっぱりわかりませんが」という、罪のないきょとんとした表情しか浮かばない。

「まあ、たしかにさ」

その罪のない顔のまま、一臣は言った。

「べろんべろんに酔っ払ってたからってのもあるんだけど。なんか素直にマジっすか！　みたいな感じで盛り上がってさ。言い値で買った」

「ちなみにお幾ら？」

そして耳打ちされた金額を聞いて、花音はその場でのけぞった。

「あんた、意外と金あったんだね」

「おかげさまで」

いや、それだけ金をかけるくらいに彼女が大事だったんだって言ってくれよ、と眉毛を下げた情けない顔で言う一臣に、「もう少し相手に伝わる気持ちの出し方をするか、出す相手を選ぶかすればいいのに」と思いながら、花音は思ったよりも随分お高い存在だった小瓶を、改めてそうっと手の上で転がしてみる。

「でさ。それを渡して仲直りしようとしたの。そしたら全力で拒否られたんだけど、なぜだと思う？」

「当たり前だと思う」

「ええええ、なんでだよー……」

そんなわけのわかんないものをプレゼントしようとする、そのくだらない心根が気に入らないってぶん殴られた、と一臣はまたも肩を落とす。

「ちゃんと彼女自身が受け取りを拒否した理由を言ってくれているのに、なぜわからないとか言えるのかが、むしろわたしにはわからない」

「だってほら、『好きのうち』とかよく言うじゃん……」

「はあ？」

寝ぼけたことを、と花音は目の前の従兄弟に向かって「ふん」とひとつ鼻を鳴らす。

「あのね、その言葉って、そうやって嫌だと言われた方が都合よく使うためにある言葉じゃないんだよ。一臣もさあ、もういい歳なんだからいい加減そのくらい、……あれ、あんたそういえば今、歳いくつだっけ？」

「二十七」

「アラサーじゃん。なら余計にもう、そのくらいのことは理解して、……いや理解はしているよね。認めていないというだけで」

「うるさいな小娘」

「頭はいいくせに馬鹿なおっさんは黙っとけ」

振られたばかりで悲しいから慰めてください。そう素直に言えば、始めから言葉も選んで、ちゃんと労《いたわ》ってやるくらいの情はあるつもりなのになと、テーブルの向こうにぽつんと置かれたままの一臣の空いたグラスに日本酒を注ぎ足してやれば、

「ありがとう」

と情けない声色のお礼とともに、のそのそと目の前の男は畳を這って向かいの席へ

と戻っていった。

　ふう、とひとつ息を吐いて、花音は己の手のひらに残された小瓶を眺める。

「ねえ、実験用のなんとかじゃないんなら、これって中身は何？」

「うん？　ああ、香水みたいなもんだって聞いた」

「みたいなもんって。そんな得体の知れないもんを、あんたは大事な人にプレゼントしようとしたのか」

「うん」

「うんって」

「いい匂いだったし」

「ああ、一応香りは確かめてるのね……」

「当然」

「そこは当然で、正体は確かめないで平気な意味がわからない」

「だって、おれの先輩の知り合いが作ってるんなら、そんな悪いもんのわけがない」

「なぜに、よく知らない遠い知り合いに対して、そんな全幅の信頼を置けるのだろう……」

「え、おれの先輩の知り合いだから」

「だからなんで、って、ああ……。おれの『先輩』の知り合い、じゃなくて『おれ』

の先輩の知り合い、なわけね。ニュアンスとして……」

つまり「おれはおれに全幅の信頼を置いております」ということか。

と鼻白む花音の前で、注ぎ足された日本酒を舐《な》めながら一臣は続けた。

「あ、香水っていうより香油って言ってたかな。その先輩の知り合いの人だか親戚の人だかが一人で作ってるんだってさ。薬草だかなんだかを油に漬け込んで。匂い袋みたいな感覚らしいよ」

「……得体が知れない上に、そんな手作り感満載のものなの？……腐らないの？」

「さあ。知らないけど大丈夫なんじゃない？　いい匂いだし」

「いい匂いにだまされすぎてない？」

「防腐効果ある薬草とか使ってるって。多分」

「多分……。いい加減だなあ。ねえ、あんた本当に研究者？」

「馬鹿なおっさんの学生ですよ」

「そうやっていちいち人の発言を根に持たないでよ。おっさんの上に面倒くさい」

それより、うっかりこの蓋が開いたら腐敗臭とか嫌なんだけど、と顔をしかめた花音の前で、同じようなしかめ面を作って一臣は言った。

「おれの大枚叩《はた》いた結果を、そんなあっさり腐るもん扱いするな。……わかった。貸してみろ。おれが責任を持って、これがいかに大切な彼女にプレゼントしたくなるほどいい匂いだったかを、この場でおまえにわかりやすくプレゼンしてやる」

「いらない」

「遠慮すんな」

「してない」

「まあまあ」

そう言うなり、一臣が花音の手から小瓶をひったくる。

何をする気か、と嫌な予感に慌ててその動きを制止しようとした花音の手をかいくぐり、次の瞬間。

小瓶の蓋をぱっと開けた一臣は何を思ったか、花音の持っていたバッグ、本革製のそこそこお高いお気に入りのそれに、小瓶の中身をいきなり振りかけた。

日本酒と焼きイカの匂いが充満したその場に、その瞬間、濁りのない甘い花の香りがたしかに流れて、花音の口からは「ぎゃー！」という叫びが漏れた。それなりに騒がしい店の中の視線が一気に二人に集中する。

「あ、あ、あ、あ、あんた何を……！」

「何って」

証明、と一臣はあっさり言い放つ。

「いや、これって動物の革だろ？　かけてみたらなんか反応起こしそうじゃね？　でも色に変化もないし、革自体にも影響はない」

続けてその場でふんふんと鼻をうごめかし「おれの皮膚にも粘膜上にも異常なし。目も見える、鼻も利く、舌も痺《しび》れていない、味もわかる」と口に放り込んだ焼きイカを呑気に咀嚼《そしゃく》する一臣の前で、おしぼりでバッグの表面を必死に拭いながら、

「わたしのお気に入りバッグを犠牲にするくらいなら、そのお粗末な自分の体に直接ぶっかけて確かめろよ馬鹿」

と花音が力なく呟くと、

「嫌だよ、そんなことして、まかり間違っておれの体になにかあったらどうするんだよ、冷たいなおまえ」

と恐るべき従兄弟は真顔で返した。

いや、そういうときこそ、さっきの無駄な「自分に対する全幅の信頼」を使えよ、と思う花音であった。

「ということで、ほら、やっぱりすげぇいい匂いだし」

ねえ、なんかえらくいい匂いしない？　するする、なにこれ香水？　アロマオイル？　と近くの席の女子大生二人があちこちきょろきょろ見回している。

その反応を見て、「いい匂いは女子の心をキャッチするんだよ」という一臣に対し、

「じゃあそのいい匂いでキャッチできなかったあんたの彼女の心は女子じゃないのか」

と思いながら、花音はああもうとため息をつく。

いい匂いかどうかなんて、本当は全く関係ないのだ。彼女はただ。

「なにが『ということで』なのかわからないし、あんたよくそんな自分の体にすらつけたくないものを彼女にプレゼントしようとしたな、本当に。……それに、わたしはそもそも花の匂いとか好きじゃない」

「名前に〈花〉の字が入っているくせに、そんなに毛嫌いしてやるなよ。そういうの、同族嫌悪って言うんじゃないのか」

「うるさい」

「まあ、本番ではもう少し、花音の趣味に沿ったプレゼントを考えるからさ。おれを助けると思ってもらっておいてよ」

「本番?」

「誕生日だろうが、もうすぐ。今年も帰るんだろ? おじさんとこ」

考えないようにしていたのに、と花音は顔をしかめると、手にしたおしぼりをイカを頬張る一臣の顔面に向かって投げつけた。その放物線状の軌跡を追うようにして、甘い香りが鼻先に一筋伸びた。

花音の仕事は水商売である。もう少し詳しく言うなら、添い寝専門店のキャストである。今やさして珍しくもない職業だが、彼女の所属する店は、添い寝の際に「客自身から指定された衣装を着て、彼らの母、姉、妹、娘、従姉妹《いとこ》など、客側から要望のあった血縁関係者に扮《ふん》し、購入された時間分だけ、ひとつの布団に入る」というものだ。その際、花音は客に会う前から、完全に深く眠った状態となっている。

性交渉はない。オーナー曰《いわ》く「うちのお客さんはそういうことを求めているわけじゃない」らしいが、単なる雇われスタッフでしかない花音には、いまいちその「お店とお客が共有しているらしい浪漫《ロマン》」だの「繊細な心の機微」だのは理解できない。

なんでも、大昔の文豪の小説に、そうやって眠る少女と一晩ともにする、という内容のものがあるそうだが、文学など一切興味のない彼女は、それを聞いても「ふーん」とひと言呟いただけであった。

とにもかくにも。いちばん人気のあるメニューは「母」である。

この店の客の年齢層は総じて高い。どのくらい高いかというと、「性交渉はない」がその言葉通りの意味を持つくらいのレベルだ。そして九割が男性である。だから彼らの実際の母親は、もうこの世にはいないか、いても彼らが「おかあさーん」と甘えられるような状態ではないか、そのどちらかだ。

つまりこれは、そんな彼らの満たされない子供返り願望を、生身の肌で満たすために作られた仕事である。

と、もともとはそういったコンセプトで始まった店らしいが、口コミで人気が高まるにつれ、姉だの妹だのといったオプションも加え始めた。その辺は時代の流れに合わせないとねー、だそうだ。そこと「機微」とのすり合わせ方も、花音にはよくわからない。

とはいえ、要は客の希望するコスプレをして足も開かず肌を貸すだけなので、無駄に喋る必要もなく、おまけに会話をすることもないからうっかり個人情報を漏らす心配もない。自分のものも相手のものも。それが、この仕事の唯一のいいところだと花音は思っている。

そう、こんな無防備な状態で寝ていて客から襲われないなんてどこの世界の夢物語だと、最初に労働条件を聞いたときに花音は思ったものだった。

しかし、ここは元々かなり金に糸目をつけないタイプの御仁のみが集うことのできる、招待制かつ会員制の秘密クラブのようなものらしく、そこの一線はたしかに守られている。主な客層の年齢上の問題も、もちろん大いにあるだろうが。

とはいえ、全室完全にカメラで監視されている上に、一度でも不穏な動きを見せればその場で会員権を永久剝奪、そしてしかるべき機関に即通報、ということらしいので、金も人脈もなければたどり着けないこの場にいるための権利、というよりこの場にいられるステータスと世間体を自ら手放すような愚かな客はいない、ということなのだろう。

ゴルフ会員権みたいなものなのかな、と花音はふわっとした解釈をしている。

一部の金持ちの間では、ここがそこまで価値のある店とされていることについて、正直意味が全くわからないけれど「意味はわからなくてもわたしの懐には金が入るんだから別にいいや」と、花音はこの店について、それ以上考えることを放棄している。

「カナちゃん、これ、今日の分ねー」

源氏名とも言えぬほど、本名と似た音の名前で店に出ている花音は、マネージャーの本宮《もとみや》から手渡されたスケジュール表を見て、本日の自分の客の数を知る。ああ、今日は最短の九十分お昼寝コース一本のみなのか、お茶を挽《ひ》くよりましだけど、これが続くとちょっと今月の収入がなあ……とぼやきつつ、彼女はそれを受け取る。ペットボトルの水を片手に、今日の衣装の最終的な検分をしているマネージャーの、多分まだ二十代であろう黒いスーツの背中をぼんやりと見ていると、ふと忙しく動かしていた手を止めて、彼が言った。

「カナちゃん、香水つけてる？」

「つけてない。シャワー浴びたばっかりだし。そもそも、店の中でそういうのつけるなって言ったの本宮さんだよ？」

「そうだけど」

なんか妙にフローラルな香りが……と鼻をうごめかす本宮に、ああごめんこれだ、と花音はバッグをロッカーから取り出して、彼の鼻先で軽く振った。

「鞄に香水つけるとか流行ってるの？」

「そんな流行りは知りません。違う違う、昨日これに香水、というか香油？　こぼしちゃって。頑張って拭いたんだけどな……」

いや、こぼされたんだけどさと言い直すと、一臣に対する「思い出し怒り」で花音の眉根がぎゅっと寄った。

「ちょっとカナちゃん。一応客商売の人間が、そんな素手で人を殺しそうな凶悪な顔するのはやめて」と本宮が笑う。

「香油って、要はアロマオイルってこと？　うちの奥さんも、なんか友達と一緒にあれにハマってて、あれやこれや混ぜて風呂上がりにボディケア～とかやってるから、僕、夜はリビングに居たくないんだよね……。あれだ、強すぎる香りって暴力だと思わない？　お題目と一緒に焚《た》かれる護摩壇の前に引きずり出された狐《きつね》憑きのような気分になる」

「へえ。そんなもんかな。でもそう考えると、アロマで家庭内別居とかって普通にありそうで怖いねえ」

結局。

あの日はあのまま、花音が小瓶を持ち帰ることとなったのだ。

「あんたが自分で使って〈彼女とよりが戻りますように〉って願えばいいじゃないか」

と言った花音に、「彼女に渡すはずだったものを、振られたおれが使うとかどんな拷問だよ」と、一臣にしては随分とまっとうな泣き落としをはかってきたため、しぶしぶ受け取るはめになったのだ。あまりにも簡単に説得されすぎていないか自分は、と思いながらも。

「ねえ、本宮さん」と彼女は言う。

「ちょっと話飛ぶけど、もしさ、一個だけ願いが叶うとしたら、本宮さんは何を願う？」

「本当に話飛ぶね。願い事？　って他人に言うと叶わないとか言わない？」

「そうなの？　あ、じゃあ別にいいよ。言わなくて」

そう言った花音に、「大丈夫だって。そういうところは妙に律儀っつうか気働きが利くよね、カナちゃん」と笑った後、そうだなあ……と本宮は視線を天井の辺りに彷徨わせた。

「今後、僕の願うことはすべて叶うようにしてください、って願うかね」

「その台詞、漫画とかでは見るけど、そんな据わった目で言った人をリアルで見たのは初めてです」

「まずは奥さんの興味がアロマオイルから逸れますように」

「そんなに辛《つら》いんだね」

「まあね」

「ひとつだけ叶うなら、それ？」

「いや、冗談だよ。たまには休肝日的な感じで、僕の鼻を休ませてくれる日があると嬉しいなとは思うけどさ。やっぱり奥さんが好きなことだもん、楽しくやらせてあげたい」

「やっさしー」

「男はね、自分が関わる女には幸せになってほしいものなのよ」

「そういうもの？」

「これはもう、男という生き物にはおしなべてインプットされた基本中の基本の回路だから」

「えええええ、うそだー！」

だったら従姉妹の大切なバッグに断りもなく油をぶっかけるようなことはしないだろう、とまたも昨日の事案を思い出して花音はむくれた。

「でも、そうやって考えると、今はこれ！　って願い事ってないんだよなあ……。強いて言えば、奥さんがいつも笑顔でいられますようにくらい？　あれ、これってさ、僕ってば幸せって証拠じゃない？　今」

「はいはい」

「でも、なんでそんなこと聞くの？」

なぜ、だろう。

アイテムとは怖いものだ。さして信じていたわけでもないのに、そのアイテムが手元にあるだけで「もし叶うなら」などという夢物語も、うっかり真剣に考えてしまう。手に取れるもの、目に見えるものとはこんなに簡単に、何かを信じ込むための依《よ》り代《しろ》になるのか。

バッグをロッカーにしまい直すと、またもふわりとかすかな甘い香りが鼻先を掠《かす》めて、花音はその香り方と同じくらいかすかに顔をしかめる。

願い事とは、結局、何なのだろう。

ふと彼女は思う。

できないことをできるようになりたい。持っていないものを手に入れたい。その逆も。できることをもうしたくない。持っているものを手放したい。要は変わりたい。いや、変わりたくない？　これ以上ひどくなるくらいなら現状維持で。たしかこれはホメオスタシスとかいうはずだ、と花音は思う。そういえばこれも昔、一臣にアニメ絡みで教えてもらった言葉である。

「はい、検品終わり。お着替えよろしくねー」

衣装を着せたトルソーの前から、本宮が大きく伸びをしつつ離れる。本宮の陰から現れたのは、妙に気品に溢れたクラシカルスタイルの袖なしロングドレスだった。

「どこかの国の舞踏会の常連さんだったのかね、今日のお客さんのママ上は」

「はい、詮索しない」

「それ以前に、これを着て寝るってどういうシチュエーションよ」

「この間のバドガールよりはあったかいんじゃない？　生地多いし」

「いや、むしろ寝苦しそう。悪夢見そう」

言っても仕方がない文句をぶつぶつと口の中で呟く花音を残して、じゃあまた後でーと本宮は足取り軽く控え室を出て行った。

残されたドレスと花音は対峙《たいじ》して、

「考えない考えないもう何も考えない」

頭を一度振る。

今着ている、店から支給された湯上がり用のワンピースを脱ごうとして、

「……ん、痛《へそ》い……？」

不意に、臍の上辺りを中心に鈍い痛みが走るのを彼女は感じた。

生理痛かと一瞬思ったものの、それにしては痛む位置が少し上だし、生理自体、まだ相当先のはずだ。あまりほめられた食生活も生活リズムも持っていない割に、生理のサイクルだけはきっちり二十八日周期からずれたことのない花音は、胃か腹でも壊したかなと、昨晩の居酒屋で口にしたものをぼんやりと思い返しながら、脱ぎかけた服の上から左手で軽く腹をさすった。ゴッ。

ゴッ？

「……？」

おかしい。

明らかに何か。今。

花音は己の腹の辺りを見下ろす。

緩めのシルエットの生成りのロングワンピースの上には、たった今、彼女がさすった手の動きそのままに、そこだけごくわずかな水をこぼしたような湿った跡が、横一線に浮き出していた。

「……」

このまま、布越しに己の腹とにらめっこを続けていてもしょうがない。もうじきお客も来てしまう。花音は大きく息を吸って、吐いた。

「せぇ、のっ」

気合の掛け声とともに、勢いよく、服を捲り上げる。

「ひっ……！」

喉の奥から、掠れた音が漏れた。それは悲鳴だった。

むき出しになった腹、胸の膨らみの下から臍の上にかけての、先ほどシャワーを浴びたときまではとてもなめらかで、傷ひとつなかったはずのその皮膚に。

――人間の、顔。

鑿《のみ》で彫りつけたようにくっきりと、見も知らぬ子供の顔が大きくひとつ、刻まれていた。

息を呑んで見下ろしたその顔、眠ってでもいるかのように閉じられた、まぶたの部分にあたる腹の皮が、ふと小さく痙攣《けいれん》する。

少しずつ、そのまぶたの下の「目」が、花音の腹の皮膚をすうっと切り裂くようにして、

開いた。

祟《たた》られる前の先手必勝

「いや、これはまたお見事な」

「『結構なお手前で』みたいな言い方しないで……」

小瓶を手にして五日目。今度は花音が一臣を呼び出す。この腹の状態で、流石に外に出る気にはなれず、ネットショッピングをしてもこの家には宅配ボックスがないため、人と接触せずに商品を受け取るのも難しく、ウーバーイーツは言うに及ばず、しかしながら食料のストックもないまま、一人でそう何日もふて寝し続けることもできず。

彼女の自宅の小さなテーブルの上には今、一臣が持参したポテトチップスやらカップ味噌汁《みそしる》やらコンビニおにぎりの包装の切れ端やらが散乱している。

あの晩。

なかなか控えの間から出て来ない花音を呼びに来た本宮マネージャーは、半裸のまま呆然《ぼうぜん》と床に座り込んでいる彼女の腹の惨状を見るや否や、その場で彼女に長期出勤停止を言い渡した。

「伝染するもんだったらえらいことだし！　うち、営業停止になっちゃうし！　僕はこれからも奥さんを養わなきゃだし！　悪いけどこればっかりは治るまでもう絶対に来ないでよ、ここに！　絶対だからね！」と、もの凄い勢いで、部屋の扉の向こうまで飛びすさりながら。

「どうすんだよ、仕事もなくなったよ……」

この腹を見た衝撃が強すぎて、その日どうやって家に帰ったのかも花音は覚えていない。

気がついたら、見慣れた自宅玄関の三和土《たたき》にしゃがみ込んでいた。そこからなんとか靴を脱ぎ、這うようにしてベッドまでたどり着き、そこで気絶した。

こんこんと眠り続け、起きたのは次の日の夜だった。店に出かけたときのままの服装で寝ていた彼女は、ぱっと起き上がると、おそるおそる服の上から、腹の辺りを指の先でそうっと触る。ごつごつとした感触が返ってくる。これは、腹の顔の「歯」だろうか。

枕元に放り出してあったリモコンで部屋の明かりを点け、布団に足を投げ出して座った状態で、彼女はゆっくりと服を捲り上げる。

果たして「顔」は、まだそこにしっかりとあった。

目を閉じている。その顔は、体の持ち主とは違い、まだ眠りの中なのだろうか。

あれは夢ではなかった、という再びの衝撃で、目の前がぐらんぐらんと揺れるのをなんとかこらえ、花音はそうっとベッドから降りる。

下手に体を揺すったりしたら、この腹の顔が目を覚ますかもしれない。そんな瞬間をまたも目撃してしまったら、今度こそ自分はショックのあまり、その場で失禁しそうだ。

花音はそっと抜き足差し足しながら、洗面台へ向かう。

ぱちんと照明を点けると、洗面台の大きな姿見が、天井近くから花音のちょうど足の付け根辺りまでを、くっきりと映し出した。

ドレッサーのようなもののないこの家の中で、いちばん大きな鏡は洗面台のこれだ。

「……」

一度だけぎゅっと目を瞑ると、花音は勢い良く身につけていたものを脱ぎ、洗濯カゴに放り込んでいく。覚悟を決めたように。でも、目は閉じたまま。

ぶるっ、と素っ裸になった体が震えた。

それは春とはいえ、流石にその姿では少し肌寒かったからか、あるいは武者震いか、単にこれから目を開けて、現実を見なければならないことが怖かったからか。

おそらく、その全部である。

花音は、ともすれば上下ががっしりと張り付きあったままでいたがる己のまぶたを、なんとか少しずつこじ開けていく。

糸のように細く薄目を開けて、目の前の鏡に映る己の「本来」の、つまり腹ではなく頭部にくっついている方の、自分の顔をまず見やる。昨晩メイクを落とす間もなく気絶したため、マスカラやらアイラインやらが溶け出して、最早ショックによる隈《くま》なのか、物理的な汚れなのかわからないほど、目の周りが黒ずんでいる。縒《よ》れ切ったファンデーションのせいで、いつもより随分と頬やらまぶたやらが強張った感じのするそこから、じわじわと、己の腹に向かって、鏡の中の視線を動かした。

「……うっ、わ……」

ばっちりと、鏡の中で視線がかち合った。

どうやら、腹の顔もお目覚めになったようだ。

眼球だ。眼球がある。

うっすらと青みがかった白目と真っ黒の瞳孔、それを取り巻く濃い褐色の虹彩《こうさい》。それが、腹に切り込まれた両まぶたの間から、きょろきょろとうごめいている。実際の「自分の顔」の目の色にもなんとなく似ているのが、妙に気に障る。

鏡があってよかった、と思わず花音は息をついた。「腹の皮膚の切れ目に挟まった、得体の知れないビー玉あるいはピンポン球のような球体が、勝手にぐるぐると動き回っている」状態など、とてもじゃないが、生で直視をしたくない。

薄気味悪さに意識を飛ばしたくなるのをなんとかこらえ、薄目の——これは実際の自分の頭部についている、通常の目の方だが——幅をちょっとずつ広げながら、花音は腹の顔を観察する。

全体的な顔の造りは、乳歯のほぼ生えそろった幼児、といった雰囲気だった。目、鼻、口は刻まれているものの、いわゆる顔周りの輪郭があるわけではないので、どこからどこまでが、その「顔」に入るのかはわからないが、各パーツの配置から想像してみるに、顔のサイズは多分、自分の片手をぱっと広げたくらいの、わりと「小顔」だ。しかしながら、ぱっちりした二重まぶたをしっかりと見開き、じっと鏡越しに花音の目を見つめるそのまなざしは、ふてぶてしい、というか妙に力強く、彼女は少しおののきを感じる。

その両目の下、意外とすっと通って見える鼻筋は、体を横向きにして鏡に映してみると、そこだけ小さな三角定規か三角の積み木でも埋め込んだかのように、彼女の腹の皮膚を軽く盛り上げていた。一応、鼻の穴らしきものも見える。

さらにその下、小さいが下唇はふっくらとしている口は今、うっすらと開いていて、その隙間からちらりと歯列らしきものが覗いている。口の奥の方は、どうなっているのかよくわからない。歯があるなら舌もあるのだろうか。そしてその奥は。

しかし、詳細を確かめようにも、そこに手や指を入れてみるのも怖いし、棒か何かを突っ込んでみるにしても、それが自分の体内のどこに入ってしまうかわからない。危険すぎる。

それに、そんなふうに刺激を加えることで、うっかりこの口が何かを喋り出しでもしたら。さらにもし、その口から吐き出される呼気などを、うっかり己の手に感じてしまったら。その息は一体どこから吐き出されて、どこへと吸い込まれていくのか。そんなことを考え出したら、もうどうしたらいい。今でさえ、薄氷を踏むような緊張感でぎりぎり保っているこの正気はどうなる。無理。絶対無理。

ふう、と花音は一度息を吐く。

緊張している、というのを意識した瞬間に、喉の渇きも意識してしまう。唾液すら飲み込めないほど、喉の奥がカラカラになっている。そして唾液自体も水分が飛んだかのように随分粘っこい。

とりあえず、目の前の蛇口をひねり、水を飲む。

三回ほど喉を鳴らして、コップの中の水を飲み干すと、なんとなく腹から視線を感じる。

もしやこの腹の顔も、喉が渇いていたりするのだろうか。

とは思ったものの、棒を口の中に突っ込むのを断念したのと同じ理由で、水を飲ませるのも正直怖いし気持ちも悪い。

「ああ、でも、水で洗えば」

昨晩、風呂に入らず寝てしまったせいで、メイクの残る顔だけではなく、全身の皮膚もなんだかもったりと汚れているように感じる。しかし、風呂に入るとなれば、流石にどれだけ薄目で頑張ろうとも、この腹の顔が直接目に入ってしまうのは避けられないであろう。

「都合よく消えてくれたり、とかないよねえ……」

と、花音は大きくため息をついた。

つきながらも、もしかしたら万が一、そんなこともあり得るかもという、燃えた木綿糸の滓《かす》よりも脆《もろ》いその可能性にすがりながら、彼女は風呂場に飛び込み、シャワーのコックを全開にした。

そして、その期待はあっさりと裏切られる。

水に打たれても消えることなくその顔は、花音の腹、つまりそれにとっての顔面に打ち付けるその水に向かって、ぽかりと口を開けた。どうやらそうして勝手に水分を摂取しているようだった。その口の中に飛び込んだシャワーの水、それが腹の奥底に染み込んでいく様子は、特に花音自身には感じ取れない。せめてそれだけでもよかったとしよう、呼吸のみならず腹の口が摂取したものの行き先について、この体がリアルに感じ取れてしまったら、と思うと。いかんいかんいかん無理無理無理、と花音は激しく首を横に振り、今うっかり想像しかけた脳内の映像をかき消す。

さらに言えばその口の中には、どうやら舌はないようだった。ああ、これもよかったことに付け加えよう、己の腹から舌がべろんと飛び出すなどという面妖なビジュアルを目の当たりにするなんて、失禁や気絶どころか絶命案件だ。

シャワーの水を無心に飲み続ける腹の顔を、じっと見る。生理的な嫌悪感からこみ上げてくる吐き気をなんとか飲み下しながら。

はっきりと、目を開いて。

――なんだろう。この、腹の様子。

「……あれだ。腹踊り」

思わずそう小さく口に出してしまい、そのあまりの馬鹿馬鹿しい音の響きに少しだけ緊張感が緩んだのだろうか。花音はふと、居酒屋であの従兄弟が言っていた言葉を思い出した。

『困ったことがあったら相談する、というのが、人間が人間でいるための基本的方策だ』

言った以上は責任を取ってもらおうか。どう考えても自分は今、果てしなく困った状態になっている。そう思った花音は、「人間が人間でいる」つまり、腹に何の問題もない普通の人間に戻るために「相談する」というコマンドを選ぶ。

――選んでみたわけだが。


「しかし、こんな体にダイレクトに出たもんの相談を男のおれにするとか、花音って本当に女友達がいないんだねえ」

その通りだが、その通り過ぎて「その通りです」とは言いたくない。花音は顔をしかめた。

「……だって、まかり間違って、これが伝染する病気とかだったらどうすんのよ。他の友達、特に女の子なんか呼べない」

「で、おれなら別に伝染してもいいと」

「薬学部様でしょ。一般人の知らない秘密の薬とかでなんとかなんないの？　こういうの」

「できるか馬鹿。こういうのは水木《みずき》しげるとか京極夏彦《きょうごくなつひこ》とか……どっちかっていうと文学系の担当ジャンルだろうが」

あまり本や漫画を読まない彼女でもなんとなくは知っている有名作家の名前を聞いて、「どういうこと？」としかめた顔はそのままに首を傾げた花音を見て、一臣がぷっと小さく笑った。

「まさかと思うけど、花音さんよ」

テーブルの上に転がしたままの香油の瓶を、無精髭《ひげ》の生えた顎で指す。

「そんな、『けったいな顔を腹につけたい』とか、その油に」

「願うわけないでしょうが」

口の中で、一臣が買ってきたおかかおにぎりをもぐもぐと咀嚼しながら、花音は不《ふ》貞腐《てくさ》れる。

「ちょっと祈ってみなよ。取れるかもしれないよ？」

「それでどうにかなるなら、あんたなんかわざわざ呼ばない」

憮然《ぶぜん》とした顔でカップ味噌汁をすすりながら言う花音の前で、薄情な従兄弟はいっそう人の悪い笑みを浮かべた。

「そもそも、油に願うってどうやるんだろうな。なむなむとか手を合わせたりすんのかね？」

「知るか」

「あ。あれでいいんじゃない？　大昔の魔法少女アニメみたいな感じでさ。テクマクマヤコンテクマクマヤコン、まっとうな腹になーれっ！　とか。腹よきれいな更地に戻れ、メイクアーップ！　とか」

「あんた面白がってるでしょう」

「少し」

「くたばれ」

「やだね」

　おまえさんがやらないんなら、おれが代わりに祈ってやろうかと、一臣が笑い半分で香油に手を伸ばしたのを見て、慌てて花音は瓶をひったくる。本気で願いが聞き届けられると思っているわけではないが、何を祈られるかわかったものではない。これ以上の身に及ぶ危険はごめんだ。そんな可能性はあらかじめ回避したい。それに。

「……実はもう、しちゃったんだもん」

「何を」

「違うお願い事」

「……その香油に？」

「……うん」

「なむなむ、って？」

　うん、と再びしぶしぶ頷くと、一臣は目を見開いて、花音を見た。

「花音がそんなに素直だったとは」

「うるさい！　だいたいあんたがあの日、『そろそろ誕生日だね』なんて余計なことを言うから」

　その言葉を聞いた瞬間、目の前のうかつな従兄弟は、少しだけ目を眇めた。

「……ああ、それは、ちょっと悪かった」

「ちょっとかよ」

「で、何祈ったの」

「黙秘」

　そんな秘密にするほどご大層なことを願ったのか、欲張りだねえと笑いながら、一臣は花音の軽く捲り上げた部屋着の裾から覗く、不気味な顔に目を向けた。

「で、とりあえずはこれ一個なわけね、人面瘡《じんめんそう》」

「……ジンメンソウ？　ってなに？」

「知らんのか。ざっくり言えば、人の顔っぽく見えるデキモノみたいなものだよ。妖怪話なんかによく出てくる。割とポピュラーな言葉だと思うんだが」

「そんなのがポピュラーなのは、オカルト好きなあんたみたいな人たちの中でだけだよ、きっと」

「そうかなあ、漫画とかアニメとかにもよく出てくるモチーフだし」

「知らないものは知らない」

「頭使わないと老けるぞ。って、人面瘡ってこれな」

そう言って一臣は、手元のスマートフォンの画面をぐいとこちらに差し出す。

そこにずらずらと並ぶ文字の多さに、花音はそのまま画面を相手に突き返す。

「読むの面倒。解説して」

「頭使わないと……あ、そうだ」

こいつに読み上げさせてみようか、ＡＩみたいに。と画面を腹の顔――人面瘡に近づける一臣の頭を、彼女は思い切り叩く。そういうところがデリカシーゼロだと言うんだ、と低い声で唸りながら。

痛ぇなあ……と叩かれた側頭部をさすりながら、人面瘡を覗き込んでいた一臣は、ふと首を傾げた。

「あー、舌ないのか。じゃあ、喋んないのかな、こいつ」

「……喋ってほしいわけ？」

わたしは死んでも嫌だ、と花音が身震いすると、一臣は「いや、本体っていうか宿主？　に向かって話しかけ続ける人面瘡っていうのがここに」といって、スマートフォンの画面を振り回した。

「例として挙がっているからさ、どうなのかなと。なあ、ところでこれ、男？　女？」

「は？」

「まあ、見た感じは赤ちゃんよりもう少し大きい子供って顔をしているけれど」

「……デキモノなんでしょ？　そんなもんに性別なんかあるわけないじゃん。ニキビに男か女か聞いているようなもんだよ」

不貞腐れすぎて半ば吐き出すような口調で言い返す花音を、一臣はちらりと見る。

「デキモノのようなもの、な。デキモノとは限らない。もしかしたら生き物かもしれない。……そもそも、これだけ水を飲んだり息をしたりしているものを、デキモノと言い切れる花音が凄いわ」

「……え、息してるの？」

「ほれ」

言うなり一臣は、スマートフォンの黒い画面を花音の腹に近づけた。人面瘡の小さな口元に寄せたその表面が薄く曇る。おそらくは呼気のせいで。

「……ていうかもう、腹の性別とかどうでもいいし。むしろ知りたくもないし。そんなの知る前に消えてほしいし」

「あのな、花音。相手に対する情報をより多く持っておくっていうのは、その関係性に対してプライオリティーを」

「日本語で喋ってください」

「愛情を持って相手に接すると、その相手からも愛情を持って接し返してもらえる率が高くなるかもしれないよ、という話。この場合の相手はその顔な」

「デキモノに愛情を持つ、の意味がわからない」

「じゃあ、祟られる前に敬え。そうしたら最悪の祟りは防げるかもしれない」

「えー」

「ならばこれだ。先手必勝」

「ああ、それならわかる」

「……本当に人生の基本姿勢が武闘派だな。そういえばこいつ、自前の耳はないけど、おれたちの会話って聞こえているのかな」

なあ、おまえさん、おれの言ってることわかる？　と恐れる様子もなく一臣は、己の顔を花音の腹の前に突き出す。人面瘡はじっと彼の顔を見つめているものの、特に何のリアクションも返さない。

　そんなに無防備に顔を近づけて、警戒した人面瘡に唾とか吐かれたらどうするんだ、怒ったアルパカみたいに、と一瞬想像しかけて、その絵面のあまりの薄気味悪さと、その唾液はどこから出てくるのかという謎に、花音は軽く目眩がした。

「やっぱり、返事するのは無理か。漫画みたいに、テレパシー的なもので脳内に直接話しかけてきたら面白いんだけどな」

　そんなことがあったらそれこそ卒倒ものだ、と花音はゆっくり起き上がる一臣の姿を見ながら思う。

「そういやこいつ、脳みそって」

「もうやめて」

　この腹の奥に、豆腐製の糸がからまったような、灰白色の小さな脳が埋まっているのを、今度こそ完全に想像してしまい、そのあまりのグロテスクさに、目の前で起き上がりかけていた一臣の頭を、花音はそのまま思い切り振りかぶった右手の拳で、きれいに床に沈めた。

　しばらく「いててて」と殴られた頭を抱えて床を転げ回っていた一臣は、そのうち転がるのにも飽きたのか、床の上でごろりと仰向《あおむ》けに寝返りながら花音を見上げた。

「……なあ、その腹さ」

「なに？」

「ちょっと真面目な話」

「だからなに？」

「そろそろ、あの仕事を辞めろっていうご神託かなんかじゃないの」

　こんな不気味なご神託があるもんか、と花音は憮然として足元に転がる従兄弟を見下ろす。

「そもそも、あの仕事の内容を考えたら、おまえはスタッフじゃなくて、客として、あの店に行くべきだとおれは思うんだけど」
「……うるさい」

花音の母は、ハンドモデルだった。十六歳の頃、知り合いのネイリストに頼まれて、ネイルのサンプル写真を撮る際にモデルとなったのが始まりらしい。母の手が関わった仕事は妙にヒットすると評判になり、母は花音が生まれてからもずっと、その仕事を続けていた。

だから、花音の中にある母の思い出は、いつも何かを塗り込めてぬるっとしていたその肌と、体温であたたまったハンドクリームや日焼け止めの匂いだった。

母の触れるものはいつでもその生ぬるい匂いがした。花音の髪の毛も父親のシャツの襟も、その匂いはいつも家族の周りに満ちていた。

が、どれだけ気をつけていても、トラブルが起こるときは起こる。珍しく深夜に及んだ撮影が終わった後、タクシーで帰宅していた母は、かなり派手な追突事故に巻き込まれた。彼女の強すぎるプロ意識はとっさに両手を守った。しかしその代わりに、打ちつけた頭蓋骨にはひびが入り、さらに見事に両足を骨折して、母は長期療養に入った。

高校時代からずっと働き続けていた彼女は、やることがなくなってよほど暇だったのか、自分が子供時代に好きだった本を、ネットの古本屋からあれこれ取り寄せては読みふけるようになった。

思えば、あれがまずかったのだ。

花音は包帯でぐるぐる巻きになった足を投げ出して本を読む母の姿を思い出すと、今も少し苦い気持ちになる。

彼女が買い揃《そろ》えた本の中に、圧倒的人気を誇る女性ファッションモデルが重要なキャラクターとして登場する小説があった。

それは近未来の物語だった。中絶が飲み薬ひとつで簡単にできて、子供も人工子宮で育てるケースが殆どであるその小説の世界において、トップモデルの母が己の娘——同じようにモデルを目指し、でもあまりにも母に瓜二《うりふた》つであること、モデルとしても七光りとしても巨大すぎる存在の母に、複雑な思いを抱いている中学生——に示せた唯一の、そして最大の愛情は、モデルとして何よりも大切な仕事道具である己の体、自分の腹を痛めてその子を産んだことである。というのが、そのストーリーの中の大きな転換点となっていた。

幼い頃影響を受けた本は、大人になって読むとさらにまた違う影響を読んだ当人に与えるものである。その次の年には中学生になる花音を、その主人公の娘とダブらせて見てしまったというのもあったのかもしれない。

――絶対に体型を崩せないトップモデルの母が示せた最大の愛情表現がそれなら、ハンドモデルの自分が示せるのは、商売道具の「手」を使って何かをしてやることだ。

花音は後につくづく思った。

暇だと人間はろくなことを考えない、と。

幼い頃の愛読書に、大人になってから改めて感化された母は、これまで「手」を痛めるからと一切やってこなかった「ハンドメイド」にいきなりチャレンジするようになった。

どうせしばらくは仕事に復帰できないのだから、多少の切り傷くらいなら、休み期間に十分リカバーできる、と考えたらしい。

まずは花音の小学校で使う雑巾縫いからスタートし、巾着型なのにやたら口の狭いキルティング製の体操服袋だの、何かのキャラクターを模したらしい謎の刺繍《ししゅう》が施されたデニム地の連絡帳入れだのが、母の暇にあかせて大量に作られた。

しかし、もともとたいして手芸に興味のなかった彼女は、すぐに針と布を使うことに飽きてしまったらしく、ある程度家の中を歩きまわれるようになったタイミングで、これまでずっと出来合い中心だった料理に手を出すようになった。不慣れではあったが要領はそこまで悪くなかった母は、手芸よりはすんなりと包丁や火を使うことに馴染んでいった。

そして、花音の十二歳になる誕生日。

料理初心者の母による火の不始末で火災発生。そして自宅全焼。さらに本人焼死。

軽く飛び火して煤《すす》の跡の残ってしまった両隣の家の間、真っ黒の焦げた塊になった我が家の前で、ランドセルを背負ったままの自分がそのとき何を考えていたか、もう花音は殆ど思い出せない。

ハンドモデルなどというニッチな職業の母にもニッチなファンがいたらしく、後日、ご近所の方が作ってくれた献花台には、日々花やお菓子が供えられるようになった。

母が雑誌のインタビューで答えていた好きなお菓子は、娘と一緒に食べる時間がいちばん幸せなんです、というありきたりなコメントとともに紹介されたタマゴボーロで、一体あなたの娘は何歳設定だったんだと、通り雨で濡れたそのお菓子のパッケージを見つめながらぼんやり考えた、そんな間の抜けたシーンだけがぎりぎり記憶に残っている。

いつまでも焦げ臭さと、消火剤で濡れた木や土や石の匂いが沈み込むように染み付いたその場に、きれいな色の供花からまっすぐ伸びる新鮮な芳香が、まるで健やかさのお裾分けのように、ふわりと漂ってきた。

どうしても料理がしたいなら、せめて、庭で育てたハーブでお茶を作る、くらいで止《と》めておいてくれればよかったのに。

その甘い匂いを嗅ぎながら、花音は心底そう思った。

そして彼女は、花の香りが嫌いになった。


花音が嫌いになったものは花の香り。

花音ができなくなったことは、台所に立つこと。

冷蔵庫の開け閉めは、なんとかできる。食器棚に触れることも。台所にいる時間が長引く皿洗いは、かなりやるのが難しくなった。ティファールの電気ケトルでお湯を沸かすのが、彼女が台所でできることの限界となった。

自分は台所を使ったら、特に火を使ったらいけない。彼女はそう思い込んだ。

自分が焼け死ぬだけならいい。

でも実際に火事を出せば、周囲にどんな影響を与えてしまうかを、自分はリアルにこの目で見てしまった。

あの母の風変わりな思考回路を支えていた血は、間違いなくこの体にも流れているわけで、そうなるといつ、自分も母と同じような考えでもって、火事を起こしてしまうかわからない。そういう因子が、この体にも受け継がれているかもしれない。だったら、なんとしても火に触ることを避けなくては。

母の死を思い出して怖いから触らないのではなく、「火事を起こす」という体質を遺伝として受け継いでしまっているのではないかという謎の思い込みによって、花音は徹底的に料理や台所仕事を避けた。周囲は「母親の焼死がトラウマになっているのだろう」と割と優しく見守ってくれたため、そのことで彼女が（たとえば調理実習などで）困るということはなかった。しかし。

『アホか。火事を起こす遺伝子なんか、あるわけないだろう』

焼け落ちた自宅から避難し、新しい住まいを父が見つけるまでの四か月、花音が預けられた親戚の家の子供、花音とは五歳違いの当時高校生だった一臣は、真顔でそう言ったものだった。

それに対し、花音は反論した。

だって、自殺者が続けて出る家系や、行方不明者がやたら多い家系というのは実際にあると聞いたことがある。他にも代々金持ちだとか、国際結婚率の異常に高い家系とか。だったら、火事を起こしやすい家系というのがあったっておかしくないではないか、と。

『だったら』

それを聞いて、大きくため息をついた従兄弟は言った。

『そんな遺伝はない、ということを、おれが証明してやる』

そう言い放った一臣が、遺伝子関連の文献を求めるうちにうっかり有名なオカルト雑誌の存在を知り、そこからどっぷりと嘘くさいSFやら胡乱《うろん》な伝承やらにはまっていってしまったのも、なんとも言えない因果のおまけだなと、花音は思う。

「今年も帰るんだろ？　お父さんのところ」

「そのつもりだったけど」

なんにせよ、自分の誕生日は母の命日でもある。だから、高校を卒業してすぐに家を出た花音も、その日だけは、父が一人住まう実家へと帰ることにしている。

――その日に「おめでとう」と喜ぶことが最もできない相手と過ごす誕生日が、また今年もやってくる。

いかんいかん、気持ちが暗くなったと彼女は思いきり頭を横に振った。そのとき、ふと一臣が何かに気がついたように呟いた。

「……あれ？」

「何？」

「なあ、意外とこいつ、顔かわいいぞ」

「は？」

人面瘡を指差し「大きくなったら、やっぱり花音に似るのかな。子供みたいなもんだもんな」と呟いたデリカシーゼロの男の顔に、手元にあったスナック菓子の袋を思いきり投げつける。辺りにコンソメの匂いと砕けた菓子がちらばって、花音はなおさらげんなりする。

その前に、この腹の状態で実家まで行くことなんて本当に可能なのか。花音は恨めしげな顔で己の腹を見下ろす。人面瘡は涼しげな、花音の恨みなどどこ吹く風という面構えで、床に転がる従兄弟や、その周りにちらばるスナック菓子の山をじっと見ている。

「まあ、いつまでもそんな面白い腹で過ごすわけにもいかないだろうからさ」

対策を考えてみるよ、とその日は帰って行った一臣から、数日後の早朝に改めて届けられたのは。

「どうも。お久しぶりです」

花音のバッグをフローラルな香りにした小瓶の、本来の受け取り手であったはずの《商学部四人目のラブリーアイテム》が、やわらかい巻き髪と、ふんわりしたピンクのロングスカートの裾を揺らしながら、車のキーを片手に、花音の家の前に立っていた。

「じゃあ、これから出かけましょう」

「はい？」

え、出かける？　この腹を抱えて？　一体どこに？　と寝起きの花音の頭の中には疑問が次々と湧いたが、

「事情は車の中で説明しますね。というか、勝手に車停《と》めちゃったんで急がないと駐禁切られそうなんで」

という巻き髪さんの言葉で、慌てて身支度を整えた。巻き髪さん、なんて名前だったっけ？　と考えながら。

狭い路地に堂々と停められていた巻き髪さんの車は、キャデラックのエスカレードだった。乗り込むと随分と地面が遠く感じる。

「結構男前な車に乗ってらっしゃるんですね……」

「ふふ」

いつもはこれでくわえタバコですよ、と笑いながら、巻き髪さんは灰皿を指した。

そのほっそりとした左手の指を見つめながら、あ、いつぞやの指輪がなくなっている、本当に一臣と別れたんだ、と花音はこっそり思ったが、次の彼女の言葉に思わず

噎せた。

「今日は、胎教に悪いかなと思って」

「え、赤ちゃんいらっしゃるんですか？　まさか一臣の」

「は？　やだー、何言っているんですか。花音さんですよ？」

「え？　いやわたしに子供は」

「いるんですよね？　そこに」

巻き髪さんの細い指の指し示す先が、灰皿から花音の腹部へと変わる。

「……どこまで話聞いてます？　一臣から」

「腹に人面瘡まで」

「全部ですね……」

ふふ、とまた巻き髪さんは笑った。

「私は妊娠したことがないのでよくわからないですけど、どんな感じですか？　お腹に子供がいるって」

「……別にこれは妊娠しているわけでは」

たしかに「お腹（の表面）に子供（の顔をした何か）がいる」で字面的には間違っていないけれども、と呟いた花音に、巻き髪さんは「すみません。冗談が過ぎましたかね」と言って軽く窓を開けた。吹き込む風は早朝の冷たさを孕《はら》んでいて、花音の起き抜けのむくんだまぶたを心地よく撫でていった。

「まあでも、腹に人面瘡が！　って考えると坂上の好きなオカルト雑誌の特集みたいですけど、『お腹に子供が』って考えると、そこまで異様な感じはしなくなるかなと思って」

「……なるほど」

「問題って問題視しないだけで問題じゃなくなるって、昔祖母がよく言ってました」けど、流石にそれだけで人面瘡が消えるってわけにはいかないですよねーと笑って続けた巻き髪さんに向かい、花音は口を開いた。

「……あの、巻き髪さんは……。あ」

うっかり心の中の呼び名が口から出てしまい、花音は焦り、巻き髪さんは笑う。

「まきが……ああ、私の名前、堂本《どうもと》『マキナ』ですから当たらずとも遠からずですね。会ったの一回きりですもん。忘れますよね、名前」

ごめんなさい物覚え悪くて、と謝って、花音は巻き髪さん改めマキナに尋ねた。

「怖くないんですか？」

これが、と服の上から己の腹を指差すと、マキナはするするとハンドルを切りながら、同じくらいするすると答えた。

「噛み付かれたりしたら嫌ですけど、それはペットの犬猫も一緒ですしね。子供は好きか嫌いかで言われたら、別にどっちでもないですけど、怖いか怖くないかで言われたら、別に怖くはないです。インフルエンザみたいに感染するものだとちょっと困りますけど、今のところ、どう考えてもいちばん花音さんと接触の多い坂上になんの症状も出ていないですし。それにもし、坂上の腹にそれができたら、やつは間違いなくどんな手を使ってでも治す方法をひねり出すと思いますんで。……なんて」

すみません、あれこれ言いましたが要はこれです、と彼女は続ける。

「正直に言ってしまえば面白そうだから一枚嚙ませてもらった、ってところです」

「おもしろそう」

正直すぎて若干鼻白むわ、でもたしかにちょっと自分でも面白いと思っちゃったしなあ、なにせ「腹踊り」風味……とぼんやり思いながら、花音は遠い目になる。その彼女の視線の先をちらりと見やって、マキナは言った。

「バイト代も結構弾んでもらいましたし」

「バイト代」

「ええ、今日はもともとアルバイトとして召喚されました、坂上から提示された日給を見て、これなら良い仕事だなと。でも何よりも、花音さん」

「はい」

「今、困っているんですよね？」

目の前の信号が赤に替わる。

「まあ、困ってはいます。たしかに」

「『困っている人を困っていない状態にする、それも商売の基本だ』」

「へ？」

「って、これも祖母がよく言っていました。私の祖母、女手ひとつで化粧品店を切り盛りしていた、私の商売ラブの原点かつ神様なので、彼女の教えには従おうと思って」

まさか商売の神様への信仰心に助けられることになるとは、と思う花音であった。

「商売といえば、わたしこの腹のせいで仕事をクビになっちゃって」

治るまで絶対に来ないでよ！　と部屋から飛びすさって出て行った本宮マネージャーの顔を思い出し、花音がげんなりしていると、横から「これ食べます？」とミントタブレットのケースがすっと差し出された。

「あ、妊婦さんにはこれって刺激物だったりします？」

「妊婦さんじゃないんで刺激物でも大丈夫です」

これからどうしたもんですかね、とケースを振るが、なかなか中身が出てこない。正月に神社で振るみくじ筒のようだと思いながらなおも振ると、ころん、とタブレットが三つ転がり出てきた。

もしこの白い粒がおみくじなら、すべてに墨文字で「凶」「凶」「大凶」と書かれていそうだ、としかめ面をしたまま、花音は三つの粒を一気に口の中に放り込んで噛み砕く。舌の奥がびりりと痺れた。

「仕事をなくしたときこそ、ビジネスチャンスですよ。しがらみがなくなるってことですから、あるものを徹底的に見つめ直すいいきっかけになるというか」

「ほえー」

ビジネスチャンスって言われても、別にそんなたいそうな「おビジネス」をしたいわけではなくて、衣食住がなんとか確保できる程度の収入を得られればいいだけなんだが、と思う花音だったが、

「なんなら、今の花音さんのその腹の子。というか顔型のデキモノ」

マキナが真顔で続けた言葉にまたも鼻白む。

「どうしたらそれで金儲《かねもう》けができるか、とかそういう方向で考えますね」

「徹底して商売人なんですね……」

そんな商売人の金銭感覚がふと気になり、「ちなみに本日のバイト代ってお幾らで?」と尋ねてみたところ。

信号が青に替わる。

アクセルを踏み込む直前、にやりという笑みとともに、ぱっと耳打ちされたその額

面の素晴らしさに、花音はのけぞった。

「とりあえず、うちの大学に代々伝わる霊験あらたかな必勝祈願の方法を聞いてきました」

「霊験あらたか」

「はい」

あなたがたの大学はオカルト趣味じゃないと入れないのか、と花音はこっそり思った。

「うさぎを探せ、だそうです」

「う、さぎ……？」

「はい。これから行く場所に、研究者が代々願掛けに行く古い祠《ほこら》があるんです。昔なんとかいう神様を祀《まつ》った神社があったらしいんですけど、いろいろあって今は小さい祠だけ残っているとか」

「はあ。で、それとうさぎに何の関係が」

「坂上が言うには、その祠周辺に『出る』んだそうです」

「何がですか？」

「だから、うさぎ型の神の使い。あるいはうさぎ型の幽霊が」

「……」

「今、『頭大丈夫？』って思いましたよね？　私もそう思いました。だけど」

この必勝祈願をしてきた面々というのが実は、といって囁《ささや》かれた、ニュースにうとい花音でさえも耳にしたことがある、テレビで特別番組が組まれるような超有名人の名前の数々に、花音はまたのけぞった。

「とはいえ、私もその『頭が大丈夫じゃない内容』を人前で復唱するのは、正直しんどいので」

と言ってスマートフォンをぽんと渡された。

「これ聞いといてください」

ボイスメモの画面が開かれている。

「一応真面目に話を聞いていたんですけど、内容が内容だけに、途中で頭が痛くなってきて。あんたが説明しろって言って、坂上の言葉を録音してきました。今からそれ流しますね。目的地に着くまで時間はたっぷりありますし」

どういうことですか、と聞き返す前に、ボイスメモから聞き慣れた声が流れはじめた。

《あー、あー、どうも花音。お疲れさん。とりあえず「うさぎを探せ」ってとこまでは聞いてるよな？

　難しい話をしてもわからんだろうから、とりあえずざっくり説明するとだな、特殊なジャンルの新薬に関係する植物があって、それの研究をしていた先輩がいたんだよ。つっても、本当に何十年も前の人だけどな。

　その人が実験のしすぎだかなんだかで、ちょっと様子がおかしくなって、しばらく山の方で静養していたんだと。で、ある日静養先の知り合いの家から出てふらふらその辺を歩いているときに、小さな祠に出くわした。

　いつ頃からそこにあるのかはよくわからない。長年の風雪のせいだろう、中に据えられた像はすっかりあちこちを削られて、何を祀る祠なのかももうわからなかった》

「……なんか途中から、ニッポン昔話みたいな語りが始まっているんですけど、大丈夫ですかこれ」

「最近、坂上のオカルト話に根気よく付き合ってあげていた後輩が留学しちゃって、語る場所を失って鬱憤が溜《た》まっていたみたいですよ」

「なるほど」

《なんとなく手でも合わせてみようかな、とでも思ったのか、ふらふら近づいていくと。かすかに水の湧く音がする。

　祠の奥を覗き込んでみると、そこには小さな湧き水があった。

それは夏の暑い日で、気がつけば無闇矢鱈《むやみやたら》と辺りを歩き回っていたせいか、その先輩は喉が渇いていた。

この水、飲めるのだろうか。

さらに祠の後ろに踏み込んでみたところ、そこで彼は信じられない光景を目にしたのである。

「うさぎだ！」》

あーあーあー、昔話から探検隊番組のナレーションに変わっているよ、と思いながら、花音は一応その語りに耳を傾け続ける。他にすることもなくて暇なので。

《その先輩、実験でうさぎを使っていたらしいんだけど、その中で、ちょっと特殊な外見をしているのが一羽いて、印象に残ってたんだって。

で、そのときその人の目の前でのんびり草食ってたのが、自分が実験で使って、最終的には殺処分になったはずの、そのうさぎだった。

あっ、と思った瞬間に、いきなり謎のインスピレーションが降りて、完全な「答え」っての？　それが見つかったんだってよ。そして伝説の＊＊賞を受賞、と。ああ、おまえ、そういう賞とか興味ないから知らんよな。そのへんはマキナに聞いて》

と言われたので、花音は素直にボイスメモを止めた。

「＊＊賞ってなんですか？」

「それをとれば一生食いっぱぐれない上に、後世の教科書に偉人として名が載る賞です」

「なるほど」

もう一度再生ボタンを押す。

《で、それ以来、うさぎ詣でが研究者の間で流行ったんだけど、これ、ひとつ落とし穴があって。

うさぎが姿を現して草を食っているときは、その詣でた人間は「神に気に入られた」ってことで願いが叶うらしいんだが、うさぎが現れなかった場合》

せっかく押したばかりの再生ボタンを思わずぶっ叩いて再生をストップしてしまった花音に、マキナはちらりと目をやった。

「……これ、マキナさんも本気で信じてます？」

「信じていようがいまいがとりあえず、今もう、そのうさぎの元へは向かっちゃってますからねえ」

「どう考えても迷信、ってやつじゃないですか」

「まあそうでしょうね。でも私、迷信って結構好きです」

あと、とりあえず「うさぎが現れなかった場合」のくだりがふるってますよ、と半笑いでハンドルを切るマキナを横目で見ながら、花音はのろのろと再生ボタンを押した。

《呪われる》

「はあ!?」

「ねー、もう笑うしかないでしょー」

「なんですか、このデッドオアアライブみたいな究極の二択」

「まあまあまあ。もう少しで話も終わりますから、最後まで聞いちゃってください」

《いや、流石に呪われるなんてのは後からついた尾ひれってやつで、単にうさぎと遭遇できなかったやつは、その直後の論文が炎上とか、発表でしくじるとか、そういうことが起こる確率が高かったってことらしいんだけど。

要は「うさぎに会う」程度の運もないやつは、本番でも運がないって言いたいだけの話な気がするけどな。

まあとにかくそのうさぎ様のいるところ、うちの植物研究所のすぐ近くだけあって、緑たっぷりな場所みたいだからさ。がっつり森林浴でもしてこいよ。おまえもその腹の顔のこと「デキモノ」って言ってたけど、ニキビとかそういう皮膚疾患? ってさ、ほら、ストレスが原因ってよく言うじゃん》

「ニキビ……」

たしかにこの間、自分でもその言葉を吐いたけれども……と微妙な気持ちになる花音であった。

《あとさ、植物研究所の近くに、カフェ、じゃねえなあ……。うーん、喫茶店っていうか、お茶のうまい店があってさ。ネットでよく茶葉だけは買ってんだけどさ、その実店舗。そこで、女二人で茶でもしばいてこいよ。気が緩めば体の緊張もとけて、ついでに腹の顔もぽろっと取れるかもしれないし。乾いたかさぶたみたいに。ああ、あとマキナ、おれにもお茶買ってくるの、絶対忘れないでくれよー。じゃあなー》

ぷつっ、と声が途切れる。

「……マキナさん」

「なんでしょう」

「……今のアホな話を一方的に黙って聞かされただけで、この体内のストレスが倍増した感じがするのですが」

でしょうね、とミラーを確認しながらマキナは言った。

「まあ、お茶代は坂上からバイト代とは別にせしめてきましたから、好きなだけしばき倒して帰りましょう」

「あと、もうひとつ聞いてもいいですか」

「なんでしょう」

「こいつのどこが良くて付き合っていたんですか？」

「不合理性。それを自分の中に取り入れられれば、今後私は、自分の人生において《最強の商売》を生み出せるんじゃないかと」

「なるほど」

「やだ、冗談ですよ」

マキナはこらえきれなかったらしい笑いを、くすぐったそうに口元にこぼした。

「せっかくだから空気の良い場所で、ゆっくりお茶飲んで気分転換しておいで、って素直に言えばいいだけの話なのに。坂上、今日辺りまで、本当に論文の追い込みで忙しいらしくて。なかなかゆっくり時間とってやれないし、体のことだから女同士の方が花音も気が楽かなと思って、って、私にバイトを頼むとき、そう言ってたんですよ。従姉妹相手に素直じゃないを通り越して頭悪いんだから」

一応、バイト代分くらいは坂上のフォローもしておきますね、とマキナは言った。

「とはいえそこで、殆ど交流のない私を寄越《よこ》しても花音さんも困るっていうところまでは意識が回らないのが、やっぱりアホだなとは思いますけど」

「はは……」

なんとも返事のしようがなくて、花音はあやふやに笑った。

まあなんにせよ、とマキナは続けた。

「単に運試しに行くってだけな気がしますけど、そんなのもたまにはいいんじゃないでしょうか」

「運の無駄打ちになっちゃいませんかね」

「運は、鍛えられるらしいですよ」

「そうなんですか？」

「祖母曰く」

商売の神様から健康の神様に口添えしてもらうような感じだな、と思った。


「えっ？　ここ？」

マキナの困惑したような声と同時に、デジタルな音声が「目的地に到着しました」と告げる。

ここのところのストレスからの睡眠不足で眠気がこらえきれず、助手席ですっかり寝てしまった花音は、その声で目を覚ました。

そこは山奥の、それでも一応住宅地という感じで、一軒家が傍らにぽつんぽつんと現れる、くねくねとした上り坂の「途中」という、随分と中途半端な場所だった。

窓の外を見れば、緑の面積の多い市街地の中を、電車が走っているのが小さく見える。

時計を見る。一臣のあのふざけたメッセージを聞いてから、およそ一時間が経っていた。

「目的地に到着しました」

ナビがもう一度、正確な発音で繰り返す。

花音とマキナは顔を見合わせた。

「ナビで示された場所はここで合ってるんですけどね」

「とりあえず、降りてみましょうか」

乗り慣れない大きな車から、そろそろと降りると、朝浴びたのより少しだけひんやり感のある空気が、すうっと肌を撫でていった。

「結構涼しいですね」

マキナが羽織ったカーディガンの前を軽くかき合わせる。花音の着ている貫頭衣のようなTシャツタイプのワンピースの裾が、風に揺れた。

吹き渡る風の匂いは、花音の住む街に比べて随分とみずみずしく、聞こえる音はぴーひょろ、という鳥の声と、山のはるか向こうに小さく見える町並みの間から響く、トラックや電車が通り過ぎるかすかな音、そして。

「なんか水音がしませんか？　こぽこぽ湧いてるような」

「しますね……」

「じゃあ、やっぱりここが、あの話の祠で合ってるってことですかね」

二人は、改めて目の前に現れた空間を見やる。

そこには、五、六段くらいの小さな石段があり、その先にはひょうたんのような形をした小さな広場があった。

階段を下りきった脇には、まっぷたつに幹の裂けた木がある。雷でも落ちたかのような裂け方のそれには、上からは濃い緑の葉が、下からは青々とした苔《こけ》が、傷口を覆うように伸びている。それはまるでエイリアン映画に出てくる、人類からの攻撃を受けて体に傷を負ったクリーチャーがそのまま凍結した姿のようにも見えた。

広場の左手には、祠というよりはもう少し大きな、でも神社というにはあまりにも見てくれが掘建て小屋に近い、木造の真っ黒な「何か」が建っていた。

こぽこぽと響く水音は、その裏手から聞こえてくるようだったが、二人のいる場所からは、その祠自体が邪魔になってよく詳細がわからない。マキナが言った。

「なんか、道路にできたデキモノみたいですね。この広場」

「え、じゃあこの腹のデキモノが取れるときは、この場所ごと崩れ去る……とかないですよね」

「花音さん、漫画じゃないんですから。むしろ、この小屋……というか祠？　これを残したまま、なんとか道路を整備しようと頑張った関係者の気概を感じますよ、この立地っぷり。……じゃあ行きますか」

花音が道路からおそるおそるその広場を覗き込む横で、マキナはさっと立ち上がり、早速その階段を下りようとしている。え、え、待って、と思わず花音はその手にすがりついた。

「どうしました？」

「え、だってなんか怖い」

思わず素直に口走ってしまった「怖い」という言葉に、花音自身が驚いてしまい、目を瞬かせる。そんな花音に向かって、マキナは軽やかに言い放った。

「ここまで来たんですから、行きましょうよ。花音さん、大丈夫ですよ。仮に呪われたとしても、私には商売の神様がついてますから、相殺してみせますって」

「呪いと商売じゃ、大分扱うジャンルが違いませんか……」

すがりついた手を逆にしっかりとマキナに取られて、花音はずるずるとその階段を下った。緑色のクリーチャーの足元にびっしりと生えた苔を踏まないように、そろそろと足を運び、おっかなびっくり祠らしき真っ黒な小屋の前に立つ。

賽銭箱《さいせんばこ》も鈴もなにもないその小屋の扉は、ぴったりと閉められている。

なぜ、祠が黒一色。

ひゅうっ、と風が花音の背中を煽《あお》る。その妙な冷たさに、自分が大量に汗をかいていることに気づく。いわゆる冷や汗というやつか、と花音はそのときだけ妙に冷静に思った。

ここでお詣りをしても、傍《はた》から見たら不吉な佇まいの掃除用具入れに向かって手を合わせている奇特な人にしか見えない気がした。

とりあえず二礼二拍手一礼、みたいな感じでいいのだろうか、と花音は困惑して頬を掻《か》く。そのとき。

「あっ、花音さん、来てください！」

気がついたら隣から消えていたマキナの声が、小屋の裏手から聞こえた。

「本当に湧き水がありましたよ……って、うぎゃっ！」

「うぎゃってなんですか……う、わっ！」

マキナの叫び声に焦り、二礼目もそこそこに、花音も小屋をぐるりと回った。

「嘘でしょ……」

そこには、真っ白い小さなうさぎがいた。一羽。

神頼みのハードル

——こぽこぽこぽこぽ。

両腕で輪っかを作ったくらいのサイズの、丸い石を敷き詰めた浅い窪《くぼ》みに、きれいな水がこんこんと湧き出ている。その輪っかの端から溢れ出した水はちょろちょろと、ひょうたん形の広場の縁《ふち》に向かって、小さな小さなせせらぎを作り出していた。

水辺の周りには緑の草が生い茂り、そこには、白やピンクや黄色や薄むらさきの、丸い花がふんわりと咲き乱れている。

祠の表側と裏側で、きれいにホラーとメルヘンに情景が分かれていませんか、と花音はちらりと背後の小屋を振り向く。小屋の後ろ側もやはり黒一色だが、このメルヘンなミニお花畑のせいで、その異様さがより増して感じられる。

しかし。

花音はため息をついて、前を見る。

せせらぎの傍らにちょこんと丸まり、その毛玉のような白いうさぎは、もぐもぐと口をうごめかしている。草でも食《は》んでいるのだろうか。

「……」

花音とマキナは、顔を見合わせる。まだ何も祈ってもいない状態で、突然うさぎとご対面してしまったが、この後、自分たちはどうすればいいのだろう。

「……このままぼけっとうさぎを見ていてもしょうがないですよね、マキナさん」

「……そうですね、花音さん」

「さっきの話で出ていた『特殊な外見』って感じは、ないですね……」

「たしかに、ただの子うさぎですよね。小学校の飼育小屋にいそうな」

「じゃあ、ただの野良うさぎってことでしょうか」

「いや、流石にそんな偶然は……。でも……ぎゃ」

もぐもぐもぐもぐ、と口元をうごめかしたままふとこちらを見たうさぎは、何を思ったのか、その鞠のような体から生えた短い四肢をちょこちょこと動かし、こちらへ近づいてきた。人間二人は、それを見て思わず後ずさる。

「え、え、やば、触ったら呪われるんじゃ」

「落ち着いてください、花音さん。あの話が本当なら、うさぎが出てきたってことは、呪いじゃなくて祝福のはず」

「じゃあなんでわたしの後ろに隠れるんですか、マキナさん」

くる。

「バレました？　私、実は小動物がめちゃくちゃ苦手で」

そうこうする間にも、その白い大福のような呪いだか祝福だかはどんどん近づいて
「……なんかわたし、このうさぎからめっちゃ見られてる気がするんですけど」

「抱っこしてほしいんじゃないですか？」

ほら、とマキナが花音の背後からうさぎを指差す。

うさぎはひょいっ、と前脚を上げて、花音の右のすね辺りにちょこんとその脚を置く。

じっと花音を見上げる真っ赤な目は丸く、ふごふご、と小さく動く鼻先はうっすらとピンクで。

ひょこっと伸びた長い耳もうっすらピンクのグラデーションがかっていて。

こくっと首を傾げると、真っ白な毛並みがつやつやと太陽の光を反射する。

その愛らしい姿に「たしかに、かわいいかもしれない……」とうっかりほだされ、抱き上げようか、と花音が身を屈めた瞬間。

ぶえええええっく、しょーい

うさぎはその愛らしい姿を見事に裏切る、中年男性のような野太い音のくしゃみをして、その可憐《かれん》なピンクの鼻先から、鼻水を盛大に撒《ま》き散らした。

「ぎゃっ！」

マキナは反射的に後ろに飛びすさり、鼻水をまともに浴びた花音は思わずその場で尻餅をついた。尻がうっすら湿った地面に触れて、慌てて手をついて体を起こす。

「な、なんですか今のおっさんみたいな声」

「う、う、う、うさぎってくしゃみするんだ……」

かわいい外見を大いに裏切る声と出来事に、二人は呆然と呟く。

くしゃみを終えた後は、もう花音には興味がないとでも言うかのように、白い毛玉のようなそれは再び、その辺りの草をもそもそと食み出している。

「……。これ、どうしよう」

胸元に嫌な感じの液体が飛び散ったワンピースを、情けない顔で見下ろした花音と、

「とりあえず、その湧き水で手だけでも洗っちゃいましょう。水質がやばそうな感じもしませんし……。あ、これ使います？」とスカートのポケットからきれいなハンカチを取り出して、「ほら、触っても大丈夫そうですよ、花音さん」と湧き水に手を突っ込んだマキナの背後から、不意に声が飛んだ。

「……大丈夫ですか？」

低くやわらかなトーンの男の声に、並んでしゃがみ込んだ姿勢で、湧き水に手を浸したまま振り返った二人は、

「えっ」

「あっ」

ともに小さく声を上げる。そしてまた顔を見合わせる。

——何者だ。

つばの広めな麦わら帽子の陰からちらりと覗いている真っ白の髪。

白いタオルを巻いた首の下に同じく白のTシャツ、そして細身のカーキのパンツに裸足《はだし》に健康サンダル履きで。

右手に日に焼けた古めかしい竹箒《たけぼうき》を、左手にスーパーのロゴの入った白いビニール袋を持った、

——この浮世離れしたレベルの美形は。

背の高く目元の涼しげな、美しい紳士の姿だった。

思いっきりその美しい顔にお尻を向けた姿勢から、慌てて二人は立ち上がり、そちらへ向き直る。

風が吹き、紳士の襟足辺りの艶やかな白い髪が軽く揺れる。

服装も襟元のタオルも、完全に「休日に庭掃除をしている田舎のおじいちゃん」のような恰好のはずなのに。

花音の目には最早彼は恋愛ドラマの主役を張るイケメン俳優……いや、その美しい顔を若干年齢不詳なものにしている髪色も相俟《あいま》って「昭和のモノクロ映画に出てくる、いわゆる銀幕のスター」にしか見えない。

そんな、服装と落差のありすぎる目の前の見知らぬ紳士の顔立ちに、二人があっけにとられていると、彼はすたすたと近づいてきた。

「……そのお洋服、やったの、うちのそいつですよね。すみません」

そう言って、紳士は左手のビニールをくしゃくしゃと丸めてパンツの尻ポケットに突っ込むと、空いたその手でひょいとうさぎを抱き上げる。

草を食べているのを邪魔されたのが気に入らないのか、うさぎは短い前脚を突っ張って、紳士の胸元から離れようとじたばたしている。

あまりにきれいな顔が近づいてきて、思わず後ずさりしかけた二人は「いや流石にそれは失礼だろう」とお互いの手を握り合ってその場に踏みとどまる。

わけのわからないものに近づかれると、本能的に人は後ずさるものなのかもしれないな、と花音は思った。そのわけのわからなさがたとえ「かわいさ」や「美しさ」であったとしても。

私、このうさぎの飼い主です。綺麗な紳士はそう言ってふわりと笑った。

「……とりあえず、その鼻水と泥を拭きませんか。うちで」

すぐそこですので、と屈託のない笑顔を見せる相手に、しかしながらすぐ「はいお願いします」と笑顔で言えるほど、現代に生きる女子二人は危機管理能力皆無な存在ではない。

失礼なのは承知の上だがもしやこれは新手のナンパか？　ハニートラップならぬうさぎトラップ？　と花音とマキナはまだ握り合ったままの手にさらに力を込めて、その場に立ち尽くす。

そんな二人の若干の疑いの眼差しに気づいたのか、紳士は「ああ、しまった」と小さく言った。

「すみません、失礼いたしました。そうですね、昨今は物騒ですから」

ええと、失礼、と言いながら、紳士はパンツのポケットからスマートフォンを取り出した。妙にサイバー感のある銀色の筐体《きょうたい》が、太い血管の覗く象牙色の大きな手に包み込まれている。

花音の目の前の「昭和の銀幕の世界」に、突如二十一世紀が交じりこんだようなかすかな違和感が滲んだ。

彼女のその視線に気づいたのか、紳士はふと画面から目を上げて笑った。

「最近、孫が持って出ろ、とうるさく言うようになりましてね」

「まっ……」

「ま？」

「あ、いえ……」

孫？　孫って言ったよ今？　なんの冗談？　いや、もの凄く若いうちにお子さんが生まれて、そのお子さんにもの凄く若くしてお子さんができていれば、こんな若いおじいちゃんも存在することが可能なのか……でもどう見てもまだ四十代にまでもいっていない気がするんだけど……と目の前の男性の年齢に対して一瞬本気で考え込んだ花音の前で、紳士は、

「散歩が好きなだけなんですが、どうもそのうち一人で帰ってこられなくなるんじゃないかと疑われているようでして。……ええと、どうやって見るんだったかな」

と、妙に年寄りアピールの強い台詞を呟きながら、ゆっくりと画面を指先で繰っている。

「ああ、これですね」

そう言って、彼は手元のスマートフォンの向きをくるりと変えて、彼女たちに差し出した。

それは若い女性向けの雑誌のウェブページの記事だった。表記された記事の更新日時を見るに、二年ほど前のものらしい。

《特集・秘密の隠れ家カフェ　番外編

素敵な古民家の縁側でいただく、癒しのsweet tea》

そんな見出しの下に大きく貼り出された写真には、目の前の紳士にとてもよく似た、しかしかなり年配の老紳士が、ぱりっとした白のシャツにグレーのパンツを穿き、胸元にうさぎを抱えて微笑む姿があった。

この方のお父様、だろうか。花音はちょっと首を傾げ、ああ、と思い至る。

さっきの「孫」って言うのは、この写真の人——多分この男性のお父様——から見た「孫」ってことなのだろう。それなら納得がいく。髪の色だけ見れば、お父様とこの方は区別がつかないくらい似ているし、だからきっと、ちょっとふざけてそんな言い方をしたに違いない。

「——これが私の家なんですが、これで少しは信用していただけそうでしょうか……?」

写真の下には小さく《茶房「波」店主・柾平さん》というキャプションがついている。

なるほど、ご家族で経営しているお店なのか。花音は納得する。

「ああ、やっぱりあのお店の」

画面を覗き込んでいたマキナが明るい声を上げた。

「ほら花音さん、坂上が茶を飲んでこいって言っていたお店ですよ。店主さんのお名前、マサキさんだって言っていましたから、間違いないです」

いつもネットでお茶を購入している友人から紹介されて、今日はこの後そちらに立ち寄る予定だったんです、とマキナが言えば、それはそれはと紳士が微笑む。

「山にあるのに『波』なんですね、お店の名前」

「ええ、実は家族の名前から取ったんです」

ああ、だからか、と花音は再び柾の手の中の画面を見る。

「イケオジ店主は超愛妻家」

紳士のお父様であろうダンディな店主様の写真の下には、そんな文章が続いていた。

そして二十分後。洗面所を借りて、うさぎの惨事をきれいさっぱり落とした花音とマキナは、縁側を通る風にうっすら濡れた服を乾かしてもらいながら、お茶をいただくこととなる。

通された古民家には、今日は紳士――柾以外、誰もいないようだった。

「基本的には、今は茶葉をお売りしているだけなんですけど、近所の方がいらしたときはたまにこうして縁側でゆっくり飲んでいただいていて。あと、雑誌をご覧になって、遠路はるばるいらっしゃる方には、品物だけお渡ししてすぐお帰りいただくのもちょっと申し訳ない気がして……。この辺り、バスの本数も、バスを待つのにいい場所もあまりないですし」

運ばれてきたお茶は、丸くて小さなガラス製のポットに入っていた。

広い庭から風が吹き抜ける縁側はひんやりと涼しく、注ぎ口から立ち上る白い湯気はふんわりとそこにあたたかい空気をまとわせる。

いつも家で飲むのはインスタントコーヒーやペットボトルの飲み物ばかりで、茶葉を自分で買うことのない花音には、このお茶が日本茶なのか、西洋系ハーブティーなのか、東洋系漢方茶なのか、はたまた全く違うものなのか見当がつかなかったが、ゆっくりと色づいていくポットの中の湯が揺れるのは、とてもきれいだと感じた。

「私、縁側って初体験です」

「わたしも」

「おや、そうでしたか」

お茶、注ぎますね。そう言って柾がきれいな手でポットを持ち上げた。

スマホをなぞるときよりも、その手の動きははるかになめらかで、お茶のきれいさと相俟って、なんだか少しだけ、花音は胸が高鳴った。

「花音さん、口」

マキナが笑いをこらえきれない様子で言った。「え？」と目線を柾の手元から上げた瞬間に、半開きになっていた口元からよだれがこぼれかけて、慌てて手の甲で口元を拭う。

お茶を注ぎ終わった柾にお礼を言い、「見惚《みと》れ過ぎ」ととうとう笑い出したマキナに思い切りしかめ面を向けてから、花音はそっと茶器に口をつけた。

「……え、あまい……？」

お茶は、とても好みの味だった。でもこれは。

花の香りだ。

傍らに置いたバッグをちらりと見る。一臣に香油をかけられたそれの表面からは、花音の必死の拭き取りの甲斐もあって、もう殆ど香りは消えている。しかし今、新たに目の前に差し出された、あれとはまた別のかすかな甘い花の香りに、ランドセルを背負った昔の自分が、うっすらとあぶり出されてくるような気がした。

味覚が感情を裏切るような、もしくは味覚に感情がついていかないような妙な感覚に、花音は戸惑った。

「え、おいしい。坂上が買ってこいっていうのわかる」とマキナは呟いた。

「甘茶、ではないですよね。甘さの種類が違う感じだし」

「ええ、原料はすべてこのパッケージの裏に書き出してある通りなんですけど、なぜかこの家で作ると、どの種類のお茶も不思議な甘みが増すんですよね。これぱっかりは理由がわからなくて。友人が大学の施設でもいろいろ調べてくれたんですが、結局はわからずじまいで」

「大学……あ、もしかして」

と言ってマキナが挙げた名前に、柾は頷いた。

「ええ。どうしておわかりになったんですか？」

「私、そこの学生なんです。ここ、大学の植物研究所の近くですもんね。で、実は今日はうちの大学の……」

そこまで言ってマキナは、ふと口を閉じた。ちらりと花音の顔を見る。どうしますか、言いますか。言っちゃっていいですか。と確認をするような眼差しに、花音は頷く。

「あの、今からもの凄くアホなことを言いますけど、どうか引かないでもらえると嬉しいです……」

「ほう、願いを叶えるか、さもなくば呪う、神の使いのうさぎ伝説ですか……」

自分たちで口に出しておきながら、目の前でリピートされると、その話の荒唐無稽さがより増幅されてあまりにもいたたまれなかった。花音は思わず茶器に残った中身を一気に呷《あお》る。ぬるくなってもなお甘い蜜のある花のような香りは消えることなく、喉をくすぐって腹の中へと落ちていった。

そういえば、腹の顔は、香りがわかるのだろうか。確かめようもないことを、ふと花音は思う。まだ少し湿ったワンピースの布地の下で、今、あの顔はどんな表情を浮かべているのだろう。

――いや、お腹の子に想《おも》いを馳《は》せる妊婦さんではあるまいし。何を馬鹿なことを考えているのだろう、自分は。

『いるんですよね？　そこに』

車の中でマキナに言われた言葉がリフレインして、花音はげんなりした。

「すみません、本当にアホみたいな話ですよね……」

小動物が苦手という面以外は豪胆そうなマキナも、流石に頬を少し赤らめて下を向いている。

「まあ、たしかにこの辺りは、マキナさんのおっしゃる通り、大学の植物研究所の近くですから。大学関係者かな……という方は、よくお見かけするのですが。正直に申し上げますと、そのお話は今初めて伺いました」

柾は首を傾げながらゆっくりと言った。その動きとともに白い髪がさらりと額にかかり、薄いグレーの影を切長の艶のある瞳に落とす。その一連の流れが醸し出す、目の前の紳士の圧巻の銀幕スターぶりに、また口から差し障りがこぼれたらどうしようと、花音は思わず己の口元を手の甲でこっそり隠した。

「じゃあ、この辺りにもとからある言い伝えとかではないんですね」

「ええ……多分」

「野うさぎが多い、とかでもないんでしょうか」

「いや、どうでしょう……。狐や狸《たぬき》や、あとイタチとか、そういった姿は見かけますが。うさぎが特に多いというような印象はないですね……」

ただ、と柾は続けた。

「たまに思いつめたというかいろいろと行き詰まったというか、そんな感じの白衣姿の方が、ぼうっとあの祠の辺りを歩いていらっしゃることもありますから、そのときに、もしかしたら今日のように、うちのうさぎがそこをうろちょろしていた、という可能性はありますけれども」

「それが回り回って、そんな研究者限定の噂話になったんでしょうかねえ……。でもこの言い伝えが本当に昔からあるものなら、流石にそのうさちゃん、もう生きているはずないですもんね。代替わりでもしているならともかく。……あ、神の使いならそもそも生き物じゃないか」

結局真相はわからずじまいかと、マキナは笑って続けた。

「花音さん、やっぱり神頼みはなかなか成功へのハードルが高いですね」

うさぎはこっちの話を聞いているのかいないのか、長い耳をぺたっと伏せたまま、縁側から少し離れた部屋の隅で、小さく丸まって寝ている。

「すみません、別にこれもただのうさぎなので、なんのお役にも立てなくて」となんだか申し訳なさそうな顔をした柾に「いえいえ」と慌てて手を振って、花音は言った。

「自力でなんとかしてみせろって、神様から活を入れられたってことかなって」

「あはは。でも、そんな噂にすがりたくなるくらい、何か困ったことでも……。ああ、なんだか不躾《ぶしつけ》な物言いをしてしまいましたね。ごめんなさい」

もう一杯、お茶をお持ちしましょう。そう言うと柾はそっと立ち上がって部屋を出て行った。

「……まあでも、うさぎには会えましたし、お茶も飲めましたし、案外本当に叶っちゃうかもしれませんよ。願い」

気がつかない間に、もう顔が取れてたりして。と無責任に笑うマキナをちらりと睨みつけて、花音はそっと広く開いた襟ぐりから服の中を覗き込む。

果たして、そこに顔はまだしっかりとあった。

生成りの布越しに感じる光が眩《まぶ》しいのだろうか、しっかりと両目を閉じている。その閉じたまぶたを覆う睫毛《まつげ》が、妙な位置に腹毛がひょこひょこと生えたようで、さらに憂鬱感が増す。

「……うわ、また寄ってきた」

座布団ごとずり下がるようにして花音から離れたマキナの視線を辿《たど》れば、まんまるい白い毛玉のようなそれが、またもひょこひょこと花音へと近づきつつあった。

うさぎはさっき思いっきり鼻水を撒き散らした凶悪な、しかし見た目はかわいらしい小さな鼻先を、花音のワンピースのポケット辺りに押し付けた。まさかまたくしゃみするつもりじゃあるまいな、と思わず身構えたものの、こんなからだの小さな動物を払い除けるのは気が引けて、飽きるまであまり刺激しないでおこうと、花音はうさぎを見下ろしながら思う。

何度も何度も押し付けては擦りつけるようなその仕草に、え、まさか発情？　と思ったが、その小さな鼻に押されて肌に当たるごりっとした感触に、花音はそこに香油の小瓶を入れっぱなしにしていたことを思い出した。

押され続けたそこがいささか痛みを感じ始めたので、花音はそっと手をポケットに入れて、中から小瓶を取り出す。ほんの少し、蓋がゆるんでいたのか、指先にじわりと油がしみるのを感じた。

「あ、それ、坂上が買ったやつですよね」

花音にぴったりと張り付いたうさぎから、さらに微妙に体を遠ざける仕草をしながら、マキナが言った。

「あ……はい。なんか結局わたしに押し付けられました」

「ふふ。馬鹿ですよね、あの男」

マキナが小さく笑うのと同時に、柾がお盆を手に縁側へ戻ってきた。

「ああ、なんだかいい匂いがしますね」

おかわりのお茶を差し出しながら、柾が言った。

「そうですか？」

「小さな草花みたいな……。香水ですか？」

そんな感じのものみたいです、と花音はあやふやな答えを返す。

「わたし、こういう匂い苦手で。友人からもらった、というか」

押し付けられたものなんですけど、と言うと、大切なプレゼントなんですね、と何か大きな誤解があるような表現をしながら、紳士は綺麗な笑みを浮かべる。

「苦手でも側に置いておきたいもの、ということですかね」

「いえ、単にポケットに入れたまま忘れていただけです」

「ふふ、そういうのを、最近教えてもらったんですが、ツンデレと言うんだそうですね。若い人たちの言葉は本当に面白い」

「ツ……」

マキナが「ツンデレ……。久々に聞いた……。でもたしかに……」と花音を横目に見ながらぷっと吹き出した。花音は憮然としながら二杯目のお茶に口をつけた。

甘い。

間違いなくおいしい。けれど苦手。

おいしいならば素直に好きでもいいはずなのに、この相反する感覚は一体なんなのだろう。

子供の頃によく周りから言われたトラウマという言葉で片付けたくはない気がした。そう考えるとたしかに、柾の言った「ツンデレ」という言葉は、自分に合っているのかもしれないな、と花音の口元から少しだけ苦笑いが漏れる。

ああそうだ、「ツ」と言えば、と紳士は何かを思い出したように軽く両手を打ち合わせた。

「うちの妻は、少々花粉症の気がありまして」

「ツ、ま……？」

「はい」

唐突に始まった紳士の妻の話に、ッと言えば妻って、しりとりじゃないんだからと思う花音の隣で「さすが超愛妻家……」とマキナが感心したような表情を浮かべている。いや、超愛妻家はこの人のお父様のことではないのか、もしかして愛妻家精神って親から子へ受け継がれていくものなの？　とアホなことをちらりと考えながら、花音も話の続きに耳を傾けた。

「若い頃から……といっても当時はまだ『花粉症』などという言葉はなかったんですが。春先だけたまに、くしゃんくしゃんとやっていて、随分と長引く風邪だなあと思っておりました。春になると鼻風邪を引くのって、本人もそう言っていましたので。そのうち花粉症という言葉が出てきて、なるほどこれかと」

いや、花粉症って言葉がまだなかった頃って、流石にそれはいつの話ですかと思わず突っ込みそうになった花音だったが、

「この辺、緑が多いですもんね。それは大変そうだ……」

マキナは見事に柾の「お年寄りのふりをするジョーク」をスルーして、庭を見回している。釣られて花音も改めてその広い庭を見た。

植物に詳しい一臣やその研究室の先輩でもある花音の父なら、きっとよく知っているのであろう、花音には名前のわからぬきれいな花や木が、晩春の風に揺れている。

「このお茶は」と柾は運んできたお茶を見て、軽く目を細めた。

「妻の考案なんです。彼女は本当に植物が大好きで、その好きが高じて、薬草の研究にはまりましてね。それこそ若い頃は、そこの大学の施設にもお世話になっていたんですよ」

「え、じゃあうちのOGってことですか」とマキナが驚いた声で言うと、「そういうことになりますね」と柾は笑った。

「好きすぎて、草花たちを自分の体に取り込みたくなってしまったのかもしれませんね。ああ、だから花粉症の発症も早かったのかな」

「……好きすぎて、でもアレルギーなんて、ちょっとしんどいですね」

猫が大好きな猫アレルギーの知人が、路上で野良猫を見かけるたびに切なそうな顔になるのを思い出して、花音は言った。

「そこまでひどい症状ではないから、というのもあると思いますが。毎年春先に、豪快にくしゃみをしながらも嬉々《きき》として草花に触れる妻の姿を見るたびに、どんなに離れてしかるべき正当な理由があっても、どうしても離れられないものというのは、たしかにあるのかもしれないなと……。そんなことをよく思います」

どんな理由があってもどうしても離れられないもの。

そんなものは、自分にはあるだろうか。と花音はちょっと考える。

苦手な花の香りが鼻先を掠める。でもこれを何よりも愛していた人もいるわけだと思うと、「苦手だ」と反射的に身をすくめてしまう自分が、文化祭のお化け屋敷の入り口で怯える子供のように他愛ない、かわいらしい存在に思えて、花音はかすかなくすぐったさを覚える。

そのくすぐったさを払うように、彼女は言った。

「今日は奥様はお出かけですか？」

「ああ、いえ」

——亡くなりました。

笑みを浮かべた美しい口元からさらりとこぼれたその言葉に、一瞬その場の空気が止まった。

「あ、じゃあお茶のお礼にせめてお線香を……」と慌てて立ち上がろうとする二人を制して、柾は言った。

「お気遣いなく、というかすみません、仏壇は私の寝室にあるもので……。片付いていなくて、身内以外に見られるのは、少々恥ずかしいと申しますか……。居間や玄関は、お客様をお迎えすることもあるので掃除はしているのですが、どうにも自分の部屋は多少散らかっているくらいの方が落ち着く性分なもので……。お気持ちだけ頂戴いたします。ありがとうございます」

もの凄くきちんと整理整頓していそうな雰囲気とはうらはらなその言葉に、二人は浮かしかけた腰を所在無げにそろそろと元に戻した。

「あ、あの、ごめんなさい……」

失敗した、申し訳ないことを言ってしまった、という思いがはっきりと花音の顔に浮かんだのに気づいたのか、それともそうではないのか。柾は自らもひと口お茶を飲むと、改めて二人に向き直った。

「ありがとうございます」

「……え？」

思いもかけない言葉とともに、唐突に紳士に頭を下げられて、花音は面食らう。

「えっと、あの……」

マキナも困惑した顔で柾を見つめた。

「おかげさまでまた、妻のことをひとつ、思い出せました」

「思い、出す……？」

「花粉症。そういえばそうだったな、と」

柾は伏し目がちにちらりと笑った。

「彼女が亡くなってから、もう随分経ったせいでしょうか。年々、彼女のことを忘れていってしまうんです。それがどんどん加速していく。どうしたらいいのかな、と思うんです。忘れたくなんてないんですけどね」

風が吹く。

庭の草木が揺れる音が、花音の手元の茶器の中に、やわらかなさざなみを立てた。

――でも、それならば。

――忘れたいことは、忘れられるのだろうか。

たとえば、母の死に顔。たとえば親子三人で食べた後の、タマゴボーロの空き袋。胸の中でだけ呟いたつもりだったその言葉は、もしかしたら花音の口から外へとこぼれ落ちてしまったのかもしれない。

「それが、忘れたいことだったかどうかを、先に忘れてしまいます」

そう言って柾は、花音に向かって微笑んだ。

「だから結局、すべてが忘れたくない大切な思い出になる気がします」

忘れたいを忘れてしまうから、忘れたくない思い出になる。

――そうなのだろうか。

花音は軽く唇を噛む。

「忘れてしまいそうな妻の思い出を、こんなふうにひとつずつ思い返し続けていきたい。今の私に願い事というものがもしあるならば、そういうことなのかもしれません」

花音の服に鼻を押し付けたまま、うつらうつらと居眠りをしはじめたうさぎを、柾はゆっくりと抱き上げた。

「ああ、おまえさんには今、願いを叶える神の使いかもしれない、なんていう噂があるんだったね。じゃあ、もしかしたらこんな話の流れになったのは、おまえさんのご利益も多少はあったりしたのかな……。それなら」

柾は腕の中で眠る白いそれを、花音に向かって差し出した。

「寝ているから、もうくしゃみはしないと思いますので」

そう言われて、花音はおそるおそる、柾の腕からうさぎを受け取り、胸に抱く。

うさぎは目を瞑ったまま、大人しく花音の腕の中で丸まっている。

「ちゃんとうさぎに会えましたから、これできっと、あなたの願いは叶いますよ」

「……そうですかね」

「こういうのは、信じたもの勝ちですから」

そう言って笑った紳士の笑顔はあまりにも鮮やかで。

「あなたの願いも叶いますように」

念押しのように、もう一度言ってくれた柾のその声があまりにも綺麗で優しくて。

うっかり照れた花音は思わず俯《うつむ》いた。——ところへ。

ぐお。

ご、ごごう。

俯いた花音の視線の先、ワンピースに隠れた腹の辺りから、なにやらそれまでの会話のふわりと甘やかな空気にそぐわぬ、妙に低い響きの、短い音がした。

「……あ、すみません、なんかお腹鳴っちゃったみたいで……」

「おや、じゃあもしお時間がまだ大丈夫でしたら、少し甘いものでも召し上がりますか？　今朝、ご近所の方からいただいたどら焼きがありますので。お嫌いでなかったらぜひ」

「え、あ、すみません。お気遣いなく……」

柾が台所へと立っていったのを見届けてから、マキナが花音の傍らににじり寄った。

「……今の音、どう聞いてもお腹が鳴った音ではない気がするんですが」

「……ですよね。わたしも実際、自分のお腹が鳴ったわけではないという自覚はあります」

「じゃあ」

「ちょっと確認します」

抱き上げたうさぎを、マキナの反対側にそっと下ろす。柾がまだ縁側に戻ってくる気配がないことをもう一度確認してから、花音はワンピースの首元を軽く引っ張って、中を覗き込む。

「やっぱり……。寝てますよ、こいつ……」

「大物ですね……」

すやすやと、そしてたまにいびきをかいて眠る顔を見ながら、花音は思わずぷっと笑った。慣れって怖いな、とちらりと思いながら。

そして。

マキナが車で家まで送り届けてくれた後。

それでもなるべく腹を直視しないように薄目を開けてシャワーを浴びると、花音はベッドに飛び込み、夢も見ずに深く眠った。

翌朝。

目が覚めた花音の周りには、腹の顔から抜け落ちた幾本もの「乳歯」が散らばっていた。

人面瘡と恋

「ジンメンソウってのは、成長するものだったのね……」

散らばる乳歯をティッシュ越しにつかみ、三重にしたビニール袋になんとか放り込んで、自分のいる場所から最も離れた玄関の隅に隔離し、布団カバー類を洗濯機に放り込んだ後、花音はおそるおそる、腹の顔を覗き込んだ。

まだ眠いのか、目を閉じたまま小さくあくびをした人面瘡の口の中には、もう既にきれいに歯が生え揃っている。抜けた歯よりも幾分大きめのそれはおそらく、人間で言うところの永久歯なのであろう。人面瘡に永久歯という概念があるかどうかはわからないが。

「まあ、もう乳歯が生えているにはおかしい面構えだもんね……」

虚脱、ってこういう感じのことを言うのかなと思いながら、花音はため息をついた。

人面瘡は、少しねぼけたような眼差しを、ぼんやりと空中に向けている。ぱっと見た感じ、ティーンエイジャーくらいの造形に成長したその目元は、眠たげではあるものの、整った大きなアーモンド形で、黒目がちのそれを縁取る睫毛はあくまでも長く（それは、宿主である花音からすれば、妙な位置の妙な腹毛がさらに立派になったようなもので、相当に不服ではあったが）、鼻筋はすっきりと通り（これも同じく、巨大なニキビでもできたかのような不気味なしこり感で相当気持ち悪かったが）、その下にある唇はあくまでもふっくらと薄赤く色づき（口についての気味悪さは、最早言うに及ばず）。

ふと、初めて人面瘡を見たときの、一臣の言葉が脳裏をよぎる。

『なあ、意外とこいつ、顔かわいいぞ』

「たしかに、ちょっとかわいいかも……」

思わずこぼれた自分の言葉に、花音は自分でぎょっとする。いやいやいや、と激しく首を横に振りながら、もう一度人面瘡を見下ろす。

『大きくなったら、やっぱり花音に似るのかな。子供みたいなもんだもんな』

勘弁してくれ、子供を産むつもりなどさらさらないのに、どうしてこんな、ど根性ガエルのような平面の子供を授からなければならないのだ。しかし。

「ピョン吉……」

ぷ、と。花音の口から今度は笑いがこぼれた。

起こることが奇想天外なことばかりで、かえって腹が据わってしまったのか。それとも若干精神の均衡を欠いているのか。もしくは、魔がさしたのか。

そのすべてであるような気がした。花音はメイクボックスに手を伸ばし、蓋を開ける。ごちゃごちゃと放り込まれたリップグロス、アイシャドウ、アイライナー、マスカラにチーク。

どうせなら少し楽しませてもらおうか。

半ばやけくそで花音は、人面瘡に化粧を施しはじめた。顔は大人しく、塗られるがままになっている。

そして十分後の彼女は、宿主であるはずの己が、寄生している存在の人面瘡に、いわゆる顔の美醜という意味で完敗しているという事実に、楽しむどころかがっくりと肩を落とすこととなる。

正直なところ、ここまで化粧映えする顔だとは思わなかった。

「記念写真でも撮っておくか……」

己の施した化粧の仕上りがよいことには変わりない。スマートフォンの小さなレンズを腹に向ける。少し遠目から、自分の本来の顔も入れてツーショットにしようかとも一瞬思ったものの、何が悲しくてデキモノだか化物だかにビジュアルで負けた記念を残さねばならぬのか。そんなことを考えつつ、数日前まで直視もできなかったものの写真を撮ろうとしている自分に、人というものは本当に「慣れる生き物」なのだなと、改めておかしくなる。

せっかく撮ったのだからと、これまた半ばやけくそで彼女はその画像を、今頃研究棟で作業を始めたばかりであろう従兄弟へと送信した。

「……ねえ」

綺麗に仕上がった見事な美少女ぶりの人面瘡に、花音はおそるおそる話しかけてみる。やはりこちらの声は聞こえているらしく、人面瘡はそのアイラインとマスカラに縁取られた大きな両目をくるりと動かし、花音を見上げる。

「あんたさあ、喋れたりする、の？」

しばらく応答を待つが、歯がいささか大粒化したその口が開くことはなく、表情も一切変わらなかった。

「笑ったり泣いたりとかも、特にしないのかな……？」

試しに、腹の顔の頬の辺りをくすぐってみたりつねってみたりしようかとも思ったが、それは結局宿主である自分がくすぐったかったり痛かったりするだけなのではないかという気がして、ちょっとだけ指の先で、その「頬」をつついてみるにとどめた。
二、三回まばたきをしただけで、人面瘡の表情は、やはり特に変わらなかった。
とりあえず何か食べるかと、花音はのろのろと冷蔵庫の前に這っていった。開けた扉の中には、一臣があれこれと補充していってくれたペットボトルの水やらインスタント味噌汁やらビスケット型保存食やらが、にぎやかに転がっている。いちばん手前にあったゼリー飲料のパックを取り出してキャップを開けると、花音は人面瘡の口元に、それを近づけた。

「……食べる？」

人面瘡は、またぱちぱちとまばたきを繰り返してゼリー飲料を見、それから花音の顔を見上げた。

ちょっとだけ絞り出して、中身を指先に乗せ「嚙まないでよ、嚙まないでよ」と軽く怯えつつ腹の口元に近づけたが、人面瘡がそれを食べることはなかった。ゼリーが嫌なのかと、ビスケットやパンのかけら、ぽっちりの味噌、マヨネーズなどでも試してみたが、腹の顔の口は閉じられたままだった。

「食べる必要ないのかな……。まあ、メイクを落とすときにどうせシャワー浴びるんだから、お水はきっとそのときにまた勝手に飲むよね」

ゼリー飲料を自分で飲み干し、花音はシャワー室に向かう。クレンジングクリームを片手に「危ないから目を瞑っててよ」と声をかければ、人面瘡は素直にその両目をぱたりと閉じる。そうっとクリームを腹に塗り、そうっと化粧を剝がしていく。お腹にクレンジングクリームを塗る機会なんて、それこそ宴会芸で腹踊りでも披露しない限りないだろうに、とうっかり笑い出しそうになりながら、慎重にシャワーでクリームを流した。

「流し終わったよ」と言えば、人面瘡は目を瞑ったまま、シャワーの水をぱっかり開けた口で受け止めている。彩りを拭った後も、やはりその「顔立ち」は整っていて、美人の娘に嫉妬する母とは、ちょっとこんな気分だったのかもしれないな、などと花音はぼんやりと思った。

シャワーを終え、やわらかいタオルでぽんぽんと腹回りの水気を取りながら、ふとスマートフォンを見れば、一臣から返信が届いていた。

〈すげぇ、成長してる。しかも美少女に〉

大笑いしている絵文字とともに送られてきたそのメッセージを、花音は読み上げた。

「ねえ、一臣があんたのこと『美少女』って褒めてるよ」

ほら、と部屋着を捲り上げ、メッセージの画面を人面瘡に見せる。画面を覗き込んでいる（ように感じる）人面瘡の様子に、少しだけあたたかい何かを感じるなんて、もうこれは完全に胎教中のお母さんのノリではないだろうか……というよりも、これは完全に「ほだされている」という状態ではなかろうか。

なんてちょろいんだろうか、自分の母性本能は。と思いながら、続いて届いたメッセージを人面瘡とともに読む。

「お、〈写真じゃなくて直に見たい〉だって。……って、えっ？」

その文面を見た瞬間。

覚醒した。

何が。

腹が。

「ちょっとちょっとちょっと待ってて っ！」

それは、恐ろしくも間抜けな光景だった。人面瘡が、己の張り付いている腹の皮を思い切り前方に引っ張った。まるで、腹から飛び出そうとしているかのように。しかし、人面瘡だけが皮膚からぽこっと外れるわけもなく、花音の腹は、人面瘡に大きく引っ張られるような形で、今大きく前に膨らんでいる。いわゆる太鼓腹のように。

「痛い痛い痛い痛い痛い、痛いってば！」

無理やり皮膚を引っ張られて、花音の腹に鈍い痛みが走る。物理的な体の痛みとビジュアル的な気持ち悪さと、さっきまで大人しくしていたデキモノの突然の暴走にパニックを起こした花音は、飲みさしのペットボトルの中身を、思いきり腹の上にぶちまけた。たった今、丁寧に水気を拭き取ったばかりのそこも、フローリングに敷かれた小さなラグもびしょびしょになったが、ボトルの中身が普通の水だったのだけは幸いだった。冷たい飛沫を浴びて驚いたのか、人面瘡はぴたりとその動きを止めた。

「ストッキング被ったコントみたいな顔になってるよ、あんた……」

本来、膨らみのないところの皮膚を無理やり引っ張ったせいで、端整な顔のあちこちがひきつれてしまっている。まあ、とりあえず落ち着けと、タオルでもう一度その辺りをぽんぽんと叩いて拭うと、顔はもともとの形状にゆっくりと戻っていった。さながらムクれて膨らませた頬から空気が抜けていくように。

「ねえ、何がしたいのよあんた……」

当てていたタオルをそっと剝がして、顔を覗き込む。

人面瘡がちらりと花音の顔を見上げる、その目を見て、彼女は確信した。

「あのデリカシーゼロ野郎、余計なことを……」

間違いない。人面瘡は一臣に恋をしている。

「いやー、それにしても雨の中を走ってくるとか、どこの少女漫画かと思ったけど。うっかり恋に落ちそうだよ」

「心にもないことを言わないでくれる……」

傘を持って花音を出迎えに来た一臣が、全力疾走してくる花音を、半笑いの表情のまましっかりと抱きとめた。彼女の手から飛んだ傘が水たまりに跳ねて、それを見ていたギャラリーから「おお」という冷やかしの声が飛ぶ。

なんでこんな辱めを、と思いながら、花音は、ゆったりとした服の内側で、腹の顔の口元が嬉しそうにほころぶのを肌で感じる。

とりあえず「今この状態で家の外に飛び出したりして、誰かにあんたとわたしの姿を見られたら、一臣に会う前に、わたしたちはセットで人間によって駆逐されるからね！」と言い聞かせて、花音は服を着た。

人面瘡の暴走を抑えるために、ぴったりめの体型矯正用下着でも着ようかと思ったが、彼女の鼻や口元が、先ほどの「ストッキングを被った状態」以上に潰れてしまうため、どうにも気の毒になる。

結局ちょっとだけ体にフィット気味のカップ付きキャミソールを着て、その上からなるべくサイズの大きめなシャツを重ね、さらにぶかっとした薄手のスプリングコートを羽織るにとどめた。

いくら薄手とはいえ、この時期にコートは暑かったが、先ほどの突発的な暴れようを考えると、人目をなんとかごまかすための防護壁として、このくらいは身につけておかないと不安だった。

そして、今にもまた飛び出していきそうな腹の少女をどうどうとなだめつつ、花音は家から徒歩圏内にある一臣の大学へと向かった、のであるが。

道の向こうから歩いてくる人影に、花音が走って近づいたように傍からは見えたと思うが、実際のところは、人面瘡が全力で一臣に近づこうと花音の腹の皮を引っ張ったため、痛みに耐えかねて本体が走らざるを得なかった、というだけである。

「おお一臣、新しい彼女？　というか、今これ修羅場？」という冷やかしの声を受けて、「いや流石にこれはないです」と返した従兄弟の向こうずねを思いきり蹴飛ばして、花音はこれ以上、人面瘡が暴れないように、服の上からぐっと腹の辺りを押さえた。きれいな鼻は潰さない程度に。

そして。

「これはないって、こっちこそそれはないですよね、花音さん」

こちらは一臣から連絡を受けたらしく、律儀に一緒に出迎えにきてくれたマキナが、そう言って笑った。

「ということで、見事に坂上のうさぎ詣で情報、役に立たなかったってことみたいよ。まあ、私はバイト代を先払いでもらってるからいいけど」

そして彼女は花音に向き直るとこう続けた。

「まあ、素敵なオジイサマと無料でお喋りできたから、それでよしってことですかね」

「無料」

その前に「オジイサマ」って聞こえたけれど、流石に「オジサマ」の聞き間違いだ

よね、と思っている花音の耳元にマキナから、

「あのクラスの方とお喋りするには、その手のお店だとだいたいこのくらいかかりますから」

耳打ちされた金額の豪華さに、またものけぞる花音であった。

とりあえずさ、と一臣は言った。

「花音はもう、このまま実家に帰れ。どうせ明後日《あさって》には戻る予定だったんだし、今よりもそいつが派手に暴走するようになったら困るだろ？　少なくとも実家なら、おじさんが守ってくれる。おれだって、四六時中一緒にはいてやれないし。心配だよ。街中で思いっきり腹踊りしたいか？　嫌だろ？　ちゃんとおれたちが送って行くからさ」

母親の命日は、明後日だった。それに合わせて帰るつもりだったつもりだったけれど。

「ここまで豪快に腹が動くようになったら、流石に帰れないよ。こんなのに気づいたら、お父さんの寿命が縮んじゃう」

「そこは、おれがうまいことごまかしてやるから」

「うまいことってなんて言うのよ」

「あー、ねえねえ坂上。むしろいっそごまかすとかやめて、腹の顔をぱっと見せた後、

この腹ごと娘さんを僕にくださいとか言えば？　オカルトにはオカルトをぶつけるのと同じ理論。もしくはノイズキャンセリング。ショックにはショックをぶつけて最初のショックの記憶を飛ばす」

「おお、それもいいな。マキナ、頭いい」

「……うちのお父さんに変なトラウマ植え付けるのやめてもらえます？」

「ところで坂上、さっきの『送って行くからさ』は私の車を期待してるよね？」

「その通り」

「バイト代は？」

「こんなもんで。ガス代別」

「よし、承る」

　では、荷造りにいったん戻って、それからご実家に向かいましょう、とあっさり言ってさっさと歩き出したマキナの横で、一臣はスマホに向かって「あ、おじさん、一臣ですけど、今日ご自宅にいますよね？　これから花音を連れて帰りますんで。友達も連れて行っていいですか」と同じくさっさと話をつけている。

　なんだこの別れたはずの男女の絶妙なコンビネーションは、と花音は頭を抱えながら思う。そして。

「……ねえ一臣、なんであんたがそんなにうちの父親のスケジュールを把握しきっているの」

「うちの研究室の先輩後輩の絆《きずな》は血よりも濃いんだよ。だから実の娘のおまえより、おれとおじさんが仲良しでもおかしくあるまい」

「なにそれ気持ち悪い……」

西日の差す家で

久々に訪れた実家は、また少し古ぼけたように感じた。

小さな県営団地の一室は、もう少し経つと西日がよく当たる。大きな窓の向こうに葉桜が揺れるのが見える。窓から手を伸ばせば触れられるほど近い位置まで伸びた枝の先に、さっきやんだばかりの通り雨の水滴が小さく玉を作っている。

「一臣くんに聞いたけど、体調、あまりよくないのか？　大丈夫か？」

「……うん、まあ、大丈夫」

今のところ、腹の顔は大人しくぴくりとも動かない。花音はぼそりと呟いた。

一年ぶりに対面する父・祥太郎《しょうたろう》は「そうか」とだけ言うと、ゆっくりと小さな仏壇に向き直った。花音の手土産を供えて、軽くりんを鳴らす。

水の張られていない黒い花器には、淡いピンクの造花の薔薇《ばら》が飾られている。

花の香りが苦手になった花音のために、供花はいつも香りのないそれが選ばれていた。

父に続き、花音も改めて線香をたむけ、手を合わせる。目を開ければ、子供の頃の花音が、父のカメラを使って撮った下手くそな母の笑顔のスナップ写真と、母がいちばん気に入っていた、薬用ハンドクリームの広告で使われた両手の写真——火事の後、カメラマンさんをはじめ各関係者の厚意で、綺麗にプリントされて贈られたそれが、こちらを見ている。

その写真は、去年よりもまたほんの少しだけ、この部屋に差し込む毎日の西日に焼けて、色あせたような気がした。

出来上がりの印象だけで言えば、有名なブランドのジュエリー広告などの方がよっぽど母の手は美しく彩られていたけれど、母は「この一枚が、お母さんの運命を変えたんだもん」と生前、この写真を見るたび言っていた。このハンドクリームの開発関係者の一人が、父だったからだ。

雑誌のタイアップ記事で、ハンドクリーム広告のモデルを務めた母が開発協力をした父の元に話を聞きに行くといった企画があり、それが二人の馴《な》れ初《そ》めだったと母から何度も同じ話を聞かされたものだった。

……と、ぼんやり写真を見上げる一人娘を尻目に、いつの間にか本日初対面であるはずのマキナと父が妙に話を弾ませている様子に気づき、花音は我に返った。

「やっぱりそうですよね。花音さんのお母様、あの伝説の手タレさんなんですね？」

「ほう、お若いのによくご存じですね……」

「ええ、それはもう。商売に宣伝はつきものじゃないですか。あ、私、商学部の者なんですけど、あの広告の宣伝効果がどれだけ凄かったかって、当時のデータとか分析するとドキドキしちゃって。しかもその商品開発者と広告のミューズがのちに結ばれたなんて、ロマンスすぎるじゃないですかー」

和室の隣のリビングのテーブルに陣取って妙に饒舌《じょうぜつ》に語るマキナの姿に、もしやと思いよく見てみれば、既に花音以外の三人の手には、小さなお猪口《ちょこ》がしっかりと収まっていた。

「ほう、そんなもんでしょうか」

「あの、もっとお話を聞きたいです」

「じゃあ、とりあえずもう一回乾杯でもする？　おじさん、開けましょうよこれ。研究室からかっぱらってきた酒造メーカーさんからの新製品サンプル。薬草酒なんですけど、マジで後味最高です」

「ほう、それはそれは」

「さあ、かんぱーい」

この三人は、いつの間に母との思い出に浸る娘の背後で酒宴を始めていたのだ、と呆れ顔で和室からその様子を見る花音に気づいた一臣が、小さな酒瓶をひらひらと振りながら言った。

「いや、おまえがあまりにも長い事ぼんやりと思い出に浸っているからさ。飽きちゃって」

「あ、すみません花音さん、始めちゃってまーす」

「ああ、別にいいんですけど……」

そんなにおいしいんなら、わたしもお相伴にあずかりたいんだけど、とリビングに入っていった花音に向かって、何を思ったか一臣はいきなり小さな革の財布を放り投げた。

「あ、悪い花音。なんか酒のつまみ買ってきてくんない？　今あるもんだけだと足りなそうで。あとついでに、こまどり屋のいちじくパンも」

こまどり屋のいちじくパンとは、二つ隣の駅の商店街にある、子供の頃に花音と一臣がよく食べていた天然酵母が売りのパンの名だが、たしかあのパンは、と花音はぱっと壁にかけられた時計を見る。現在午後二時四十二分。

「ちょっと待って、次の焼き上がりってたしか」

「四時半」

「二時間も待って買ってこいって!?」

「だからー、焼き上がるまでちょっとそこいら散歩でもしてこいよ。日に当たれ。体調を整えるには日光浴がいちばん」

「さっきまで雨降ってたし、これから夕方なんだけど」

じゃあせめて車を、と思いマキナを見る。

「あ、私たちお酒飲んじゃったんでー、車出すの無理ですー。ごめんなさいー。ねーおじさま」

「そうですねえ」

その酒で上気した笑顔に、花音の口からはため息が漏れた。投げつけられた財布を握り、大人しく玄関へ向かう。

「あ、スマホだけは持って行けなー。なんかあったら迎えに行くよ」

なんかあったらって、今朝方みたいに腹が暴走したらどうしてくれるというのだろう。しかも外で。

そんなことになったら一生祟ってやる、なんのために一緒に来たんだ、あの二人、と不貞腐れながら靴を履き、そして。

「あ、結構入ってんじゃん。余計なものたくさん買ってやる……」

玄関先で一臣の財布の中身をあらためて、悪い笑みを浮かべる花音であった。

一臣から指定されたパン屋は、電車に乗ればすぐだが、花音はこの腹になってから公共の交通機関を利用していない。

先ほどみたいに、腹が自ら大暴れしなかったとしても。

もし公共の場で急に腹に痛みが走って倒れ、救急車で運ばれでもしたら、この先の自分の人生は笑い者か研究対象かの二択しかなくなると、花音は肩から下げた大きめの布バッグでなんとなく腹全体を覆いながら、線路沿いの道をゆっくり歩きはじめた。徒歩でも、三十分もあればパン屋にはたどり着く。

線路沿いの道は、少しでこぼこしている。あちこちにあるアスファルトの小さな割れ目から、細い草と黄色い花がぴょこぴょこと顔を出している。あれはなんという花だろうか。

線路と道を隔てる高い金網には、朝顔だろうか、蔓《つる》がくるくると巻きついている。

『花音は、もしかしたら緑の指の持ち主なのかもしれないわね。ほら、こんなにきれいに咲いてる』

花音が小学校から夏休みに持ち帰った、朝顔の鉢植え。水の加減がよくわからなくて、でも如雨露《じょうろ》からしゃわしゃわとこぼれる水の様子がなんだか楽しくて、毎日庭の片隅をびしゃびしゃにしながら朝顔の世話をしていた花音に、母はなんと言っていただろうか。

巻きついた蔓の先を軽く指で弾《はじ》きながら、彼女はぼんやりと記憶を辿る。

『花音の指、緑じゃないよ？』

『ふふ、花音にだけは見えない緑色なのかもよ』

今ならそれが「植物を育てるのが上手な人」の喩《たと》えだ、というのがわかる。けれども、そんな言葉を知らなかった当時は、母のその言葉に、自分の手が実は、昔話でよく見る河童《かっぱ》みたいな緑色の水かき付きの手で、その真実の姿を知らないのは自分だけなのではないかと怯えて、如雨露を抱えたまま思わず泣いてしまい、母をおろおろさせてしまったものだった。

ともあれそんな「河童の手」による毎日の水やりのおかげか、秋には黒くてつやつやした大きな種がいくつも採れた。

『そういえば、朝顔ってもともとは薬草なんですって。昔お父さんが教えてくれたの。ねえ花音、お父さんって本当になんでもよく知ってるって思わない？　お母さん、お父さんのそういうとこ大好き』

『花音より？』

『んー、そこはどっちか一人だけなんて選べない』

そんな感じで、実の娘に全力で惚気る母だったたな、そういえば、と思わず花音は記憶の中の母の姿に笑った。

『あとね、朝顔の種はしっかり乾燥させてから植えるといいんですって』

『そうだ、来年の花音の誕生日に植えましょう』

花音はふと、歩く方向を変えた。


十年前に燃えた我が家の跡地には、小さなアパートが建っていた。

当時、壁の焦げた両隣の家は、片方は同じようなアパートに、もう片方は駐車場になっていた。

花が好きな住人が多いのか、そのアパートの各部屋の窓には鉢植えが並び、一階の左端の部屋は、窓ガラスが全く見えないほど見事なグリーンカーテンに覆われていた。カーテンのあちこちに、緑の実のようなものが見える。あれはヘチマだろうか。それともゴーヤだろうか。

花音は辺りを見回す。しかし。

あのときの朝顔が今でも咲いている、などというロマンチックな結果は待っておらず。

「そもそも、植えたかどうかも怪しいもんね……」

もし植えていたとしても、あの炎できっとすべて燃え尽きてしまったのだろう。

「ねえ」

花音は小さく呟いた。腹を見下ろす。

今の言葉が自分への掛け声だと気づいているのかいないのか、腹の顔は暴れることもなく、服の中で小さく息をしている。

「ここで、お母さんが死んだんだよ」

もし、この腹の顔が本当に自分の子供なら、「おばあちゃんが死んだんだよ」になるのだろうか。

『えー、お母さん、もうおばあちゃん？　若すぎるおばあちゃんってやつ？　やだ、ちょっと恰好いいかも』

あの母なら、そんなふうに笑いそうな気がした。

かつて献花台の置かれていた辺りに目をやる。花の開き始めたばかりの、青紫の紫陽花《あじさい》が群れていた。

お花くらい持って来ればよかったのかな、と花音は少し思った。

でも、ここでかつてそういうことがあったことを知らない入居者の方が、もう多いはずだ。そこにいきなり謎の献花なぞ置かれたら、きっと気分も悪いだろう。

そうだ、花の代わりにと、花音は布バッグに放り込んできた小瓶を取り出す。

中身を地面に振りまいた。淡く甘い草花の匂いが漂う。

毎年、父とともにお墓には行っていた。母方の祖父母はもう亡くなっており、そちら側の親戚も殆どいなかった母の命日に、お墓に行くのは父と花音の二人だけだ。

しかし彼女は、いつもお参りが終わればその日のうちに、そそくさと自分のアパートへと戻っていたので、母の死んだこの場所に来ることは、実家を出てからは一度もなかった。

『それが、忘れたいことだったかどうかを、先に忘れてしまいます』

『だから結局、すべてが忘れたくない大切な思い出になる気がします』

うさぎを抱えた美しい紳士の言った言葉が、ふと浮かんだ。

忘れたいと思っていたこと自体を忘れてしまう。——そうなのかもしれない。もしかしたら。

もう形のない献花台の記憶の上にたった今注いだ、優しい花の香りに触れながら花音は思った。

「おかあさん」

涙がこぼれる。

不恰好な巾着袋も、台形の雑巾も、デニム生地の防災頭巾カバーに咲いたがたがたな花びらのひまわりの刺繍も、その横に添えられた、読めるか読めないかぎりぎりの出来の、ひらがなの「かのん」の縫い取りも。

そしてあの日、母が用意していたはずの、花音のためのご馳走《ちそう》も。

覚えていることが辛かった。思い出したくなかったそれらも、思い出さないように記憶の奥底に押し込めているうちに、多分「忘れたいという気持ち」が風化して、でも記憶自体も本当に少しずつ風化して。

すべてもうはっきりと思い出せなくなって。

ただ「大切だった」という思いだけがそこに残る。

「どうかしましたか？」

その声に花音がふと顔を上げると、箒とちりとりを持った小柄な中年の女性が、心配と不審感がない交ぜになった微妙な表情でこちらを見ていた。

ご近所の方だろうか。もしくは、このアパートの大家さんか。

二日連続で箒を持った人に話しかけられたな、と思いながら「いえ、なんでもないです。大丈夫です。ありがとうございます」と、その場を離れた。

駅の方向へと歩き始める。

服に湿り気を感じて、花音は服の襟ぐりをそっと引っ張って、中を覗く。

人面瘡の目から、大粒の涙がいくつも流れて、花音の腹に濡れた筋を作っていた。

「なんであんたが泣いてんのよ……」

こぼれる水にこそばゆさを覚えた。まるで腹の顔にくすぐられているようだと思わず笑ってしまう。

花を買って帰ろう、と思った。

母が本当に好きだった花を。

「ずっと香りを奪っていてごめん、お母さん」

もう一度立ち止まり、瞑目《めいもく》した。

そして再び歩き出す。

こまどり屋のいちじくパンと、スーパーでおつまみを、そして駅前の小さな花屋でありったけの香り高い百合《ゆり》たちを買って、家に帰るために。

そして花とパンを小脇に抱えたまま業務用スーパーで大量の乾物を買い込み、それを運ぶためのカートまで、中身の豊かな一臣の財布をフル活用してさらに買い、「ただいまー」と意気揚々と帰宅した花音を待ち構えていたのは、

「誕生日おめでとう」

真っ白な粉塵《ふんじん》が舞うリビングと、不恰好で巨大な真っ白のスポンジケーキだった。


「おー、なんとか間に合った。よかった」

「スポンジ冷ます時間がなくて、思いっきり生クリームだれちゃいましたけどね」

漫画のように小麦粉を右頬につけた一臣と、しっかりとおそらくは持参したのであろうフリルのかわいいエプロンを身につけたマキナが言った。

その巨大なケーキ、丸ごとの苺《いちご》が豪快にぼん！　ぼん！　と載せられたその右端の一部に、銀色のアラザンが異様なほどにびっしりと、まるで不気味なフジツボのように固まりながら張り付いていて、「これは……？」と指差すと、「おじさまがこけてばらまいた結果できたアートです」とマキナが笑いながら答えた。

「お父さん……も作ったの？　これ」

手と顔を濡らして洗面所から戻って来た父に、花音はおそるおそる尋ねた。

母が死んで以来、花音のために米を炊き、味噌汁、炒《いた》め物《もの》、焼き肉焼き魚、くらいまではなんとかこなせるようになった父ではあった。が、そもそも父が台所を使う姿も、幼い花音は見るのを怖がったから、父が長時間台所にいなければならないような、ケーキなどという工程の複雑なものを作ったことは、これまでになかったはずだ。

「ああ……ええと……」

口ごもる父の背中を、白く粉っぽい顔のまま、一臣はぽんと叩いた。

「というかこれ、おじさんの発案だよ。花音」

「え？」

ほら、おじさん。と促され、父は頷くとテーブルの後ろにひっそりと置かれていた紙袋から小さな包みを取り出し、そろそろと花音の前に立った。

そっとその包みを花音に差し出す。

「ハッピーバースデー」と書かれたリボンシールの揺れる赤いラッピングの箱の上で、落としきれていない小麦粉に白く染まる太く無骨な指先が、小さく揺れた。

「お父さん、喋るのがあまり得意じゃないから、うまく言えるかわからないんだけど」

「……うん」

「ずっとね。お祝いがしたかったんだ。花音の誕生日の」

「……え？」

小さく呟いた花音に向かって不器用に微笑んで、父は言葉を続けた。

「……あの日、お母さんが死んだ日から、花音は自分の誕生日を忌み嫌うようになって……。花音が、自分のことを責めているのも知っていた。あの火事は自分のせいだって。でも、どうしたらそれを解きほぐしてやれるのか、お父さんにはどうしてもわからなくて、花音が誕生日を意識したくないなら、それに合わせるのがいちばんいいのかなって、……いや、これは違うな。ええと、えーと……」

口ごもりながら、目線を彷徨わせながら、それでも必死に言葉を探している父の姿を、差し出されたままの包みを、花音はただ見つめていた。

身じろぎもできなかった。

やがて父は、ふと顔を上げて、まっすぐに花音を見た。

「お父さん、逃げたんだ。……お祝いがしたかった。本当は、ずっとずっと。でも花音を傷つけそうで。それに今は、花音はお母さんの弔いをしにこの日に帰ってきているのに、今さらお祝いなんてしたら、って……花音に嫌われるのが怖かった」

初めて聞く父の本音が、小さな家の中に満ちていく。

「ちゃんと聞けばよかった。お父さんは花音の誕生日をお祝いしたいんだって、まず言えばよかった」

本当は、今でも怖いんだ。こんなことを勝手にして。と呟いた父は、そのまま花音に向かって頭を下げた。

「ごめん。多分、お父さんが花音に対していちばん足りていなかったのは、そうやって自分から尋ねること、口を開くこと、だったんだろうなと今は思う。本当にごめんなさい。……二十二歳の誕生日おめでとう、花音」

花音さん、プレゼント、開けてみたらどうですか？　と傍らから小さな声がそっと響いた。

どのくらい自分は黙っていたのだろう。

妙にかちこちに強張っている両腕をぎこちなく持ち上げて、彼女は父の手から赤い包みを受け取った。

ケーキの粉がつかないように、テーブルの上でそっと包みを剝がす。

生クリームにも負けないくらい白い小箱の中から出てきたのは、小さなうさぎのマスコットだった。

子供の頃に、母と花音がひとつずつ集めていた、手のひらサイズの動物たちの家族。母がいなくなってからは、それを集めていたことすら忘れていた、幼い花音が大好きだった愛らしいものが、大人になった彼女の目の前に再び現れた。

「もう、お父さん、わたし二十二だよ、こういうのもう卒……」

途切れた言葉の代わりに、涙がこぼれ落ちた。

花音はくるりと後ろを向くと、買って来た大量の荷物の上に、潰れないようにそっと置いていた花束を手に取った。

父の前に、その花束をぐいと突き出す。

二人の間に、濃く甘い百合の香りがふわりと漂った。

「あのね、これ、お母さんに。それから、お父さんにも。今までごめんね。二人の大好きな花の香りを、封印させちゃっててごめんね。それから、ありがとう」

──できればこれから先はもう少し気楽に、お父さんと「あの日」を過ごせますように。

あの夜、花音は小瓶に半分冗談でそう祈った。

一臣が口を開く。

「なんつーかさ。おまえ、昔『火事の遺伝が』とか言ってたけど、正直そんなもん、あろうがなかろうが、おれらにとっては関係ないっていうか、どうでもいいってのが本音なんだけどさ。まあ、万が一そんなもんが存在したとしても、おばさんと血のつながっていないおれらはそんな遺伝も何もないだろ。だから今回はまず、おれたちだけで作ったんだよ。誕生日おめでとう。来年は、花音も一緒に作ろうぜ。甘いもん好きじゃん、おまえ」

叶って初めて気づいた。自分の本当の願い。

──家族ともう一度、お祝いがしたい。

──大好きな人たちに、ありがとうとごめんなさいと、ただいまが言いたい。

「……どうでもいいって、人のかわいい子供時代の心の傷を、そんなあっさり切り捨てないでくれる？　このデリカシーゼロ男」

ぐすぐすと鼻を鳴らしながら憎まれ口を叩く花音にどうぞ、とハンドタオルを差し出しながら、マキナが明るい声を上げた。

「あ、だったら私も、来年また参加したいですー。スーパーバイザーとして」

「スーパー……？」

「ああ、マキナには今回ケーキ作りの先生役として来てもらったんだよ。本当は、事前に特訓してもらって、おじさんと二人で作るつもりだったんだけどさ。どうもうちの研究室の人間は、ケーキ作りに向いていないらしくて」

「まっっっっったくと言っていいほどスポンジが膨らまないんですよ。なにをどうしたらこんな鋼のようなスポンジが焼けるのかと、むしろその技術の方が知りたくなったくらいです。逆にそれで特許とか取れそう。あ、次回のバイト代は、今回の半額でいいよ、坂上。楽しかったから」

「え、守銭奴の台詞と思えない。逆に怖い」

「あんた、それが元カノに言う言葉ですかよ」

「……あの、一体バイト代は幾らだったんですか？」

なんならもう一度ちゃんと付き合えばいいのに、というくらい楽しげな元彼氏彼女のやりとりを見て、ぼそっと口を挟んだ花音の耳に、にやりと笑ってマキナが囁いたその金額のあまりのファビュラスさに、花音はもう何度目になるのかわからないが、またものけぞった。

「まともな誕生日プレゼント、やるって言っただろ？」

晴れやかな笑顔で一臣はそう言い切り、

「一応、胃薬も用意しておいたから。漢方も」

と妙に真面目な顔で父は呟き、

「ちょっと、スーパーバイザーの信用なさすぎません？　それ」

とマキナがげらげらと笑い出す。

そして「むしろ、その漢方ってきっとおじさま監修ですよね？　そっちの方が価値高そう」と商売好きらしい言葉を続けた後、ふと少し照れたような笑いを浮かべ、花音に向き直った。

「実は……女の子同士でケーキ作りとか、やってみたかったんです。——私、女の子の友達ってあんまりいなくって。だから」

小柄なマキナのいかにも「女の子」な姿からそんな台詞が出てきて、花音は少し驚き、そして、笑顔になった。

——聞けばいいんだ。言えばいいんだ。わからなくて行き詰まるくらいなら。

聞いた相手から答えが返ってくるかはわからないけれど。花音が、もう母に直接問いかけることができないように。

それでも「質問」が生まれれば、それと同時に必ずどこかに「回答」が生まれて、それはいつか、その「質問」の元へとたどり着く。

――ねえ、わたしはここにいてよかった？

質問したら、世界は答えを返してくれる。

その優しさ、あるいは律儀さ、それを「神様」と言うのかもしれない、と花音は思った。

なんだか、お腹の辺りが再びひんやりしているのに気づく。

また「顔」が大泣きしているのかな、と思いながら、服がうっすら湿り始めたのを父に気づかれぬように、服の布地を腹から浮かせるため微妙に猫背になりながら、花音は言った。

「お腹すいちゃった。食べようよ、ケーキ」

「ていうか、花音！　どんだけおれの金使ったんだよ、この数時間で……」

花音が買ってきた荷物を改めて見て、慌てて財布の中身を確認した一臣がその場に頽《くずお》れた。


そしてケーキの夜が明けて。

久々に使う実家の薄い布団の中で、ぼんやりと花音は伸びをする。そしてゆっくりと体を起こそうとして、敷布団についた手の先が、なにかばらばらとした硬いものに触れた。

「ん？」

飴《あめ》かラムネでも食べながら寝てこぼした？　と思いながら、まだぼんやりとした頭のままで、のそのそと掛布団をめくる。

「なにこれ……、うわっ」

白いシーツの上にぱらぱらと、小石のように白い「歯」がこぼれ落ちていた。

花音は知らず己の口元を左手で触る。果たして自分の歯は無事にそこにあった。

――ということは。

「まさか、また……？」

口元から下腹へ手を動かす。寝間着代わりのTシャツ越しにそこへ触れると、昨日よりも少し引きつったような妙な感覚があった。裾をそろりと持ち上げる。

「ひっ……！」

硬く強張った腹の皮膚に、深い溝が走る。

そこに張り付いた「顔」は、明らかに老いていた。

「どういうこと……」

一晩にして少女から老女の趣へと変わった人面瘡は、目も口もぎゅっと閉じたまま、ひっそりとそこにいた。

「おー、どうした花音」

「ぎゃっ」

ノックもなしにいきなり花音の部屋の襖《ふすま》を開けた一臣は、捲り上げた服の裾から覗く人面瘡の姿を見て、開口一番こう言った。

「えっ、美少女期はもう終了？」

「黙れデリカシーなし男《お》。……ていうか、ちょっと、とりあえずそこ閉めてよ」

昨日一日は、父に腹のことがバレずに過ごせた。ならばあと二日、なんとかして隠し通すことが先決だと焦る花音に、呑気な声で一臣は言った。

「おじさんなら、さっき仕事に出かけたから安心しろ」

「……。ところで、あんたなんでここにいるの」

「泊まったから」

手にしたコップの水を一気に飲んだ後、「ふへー」という間抜けな声とともに吐き出した息の感じから、どうやら目の前の男は二日酔いであるらしい、ということが花音にもわかった。

「マキナさんは？」

「今日、実入りのいいバイトがあるからって、さっきおじさんを駅まで車で送りがてら帰った」

ていうか、おれら二人が泊まったことも覚えてないのかよ、と苦笑いしながら差し出された水をひと口飲んで、花音はどうやら自分自身も相当に昨夜は酒をきこしめしたようだ、と気づいた。

「冷たっ」

「あ、ごめん」

身を乗り出して人面瘡を覗き込んでいた一臣の手元から、コップの表面についた水滴が不意に花音の腹の上にしたたり、彼女は身じろいだ。

「こっちは反応しないなあ。息はしているみたいだけど」

濡れた指先を腹の顔に近づけて、一臣が言った。

「……あんたのデリカシーのない言葉に、ショック受けちゃったのかもしれないじゃん」

一日前、「写真じゃなくて直に見たい」のメッセージを読んだ瞬間に、花音の体を引っ張るようにして一臣のもとへ駆け出そうとした、あのときの腹の顔の必死の形相を思い出して、花音はなんとも言えない気持ちになる。

そんな彼女の顔をちらりと見て、一臣はちょっと笑った。

「自分の子にはほだされるんだな、花音でも」

「子じゃない」

「おいこら、お母さんから自分の子じゃないなんて、それこそデリカシーのないこと言われたら、子供はさらにショックを受けるだろうが」

「あんたまた面白がってるでしょう」

「いや、愛おしがってる」

「い？」

「愛おしがってる」

「はい？」

　突然、目の前の男の口から出てきた想定外の言葉に戸惑う花音を尻目に、その言葉を発した本人は「まあ、成長が早ければ、老いるのも早いよなそりゃ」とひとりごちて、すっと腹の顔の、ちょうど右頬の辺りに触れた。無遠慮なようでいて、それでもどこか遠慮がちな力加減の触れ方に、こそばゆさを覚えつつ、花音はさらに戸惑う。

「そんなの、愛おしいに決まってんだろ。おまえの子だぞ」

「いやだから、子じゃ……ってあんた何する気」

　花音の腹に手で触れたまま、ふっとその身を屈めた一臣の、腹の顔に近づいてきた顔を彼女は右手で押し止める。

「おいこら、鼻が潰れる」

「うるさい」

「願い事」

「は？」

「おれにも叶えさせて」

「へ？」

人面瘡に顔を近づけたその位置から、一臣は花音本体の顔を見上げる。

「あのさ、ちょっと目を閉じてくれない？　花音」

「……なんで」

「いいだろ、おれの願い事にも一回くらい目を瞑ってくれ」

「……それ、『目を閉じてくれ』にかけてんの？」

「いや、そこまでは考えてなかったけど」

とっている体勢はかなりおかしな感じだったが、いつになく真面目な一臣の声に、花音はなんとなく気圧《けお》されて、そのまま目を閉じた。

腹の顔の辺りに、一臣の息が触れる。

一拍遅れて、やわらかいものが触れた。おそらくは唇が。

「……」

花音は薄目を開ける。一臣の頭部が、人面瘡からゆっくりと離れていく。

人面瘡の閉じたままのまなじりから、すうっと一筋だけ、涙がこぼれた。

「……この涙がどこから、なんてもう言わないでよ」

「言わねえよ」

ゆっくりと体を起こした一臣が花音に向き直る。

「花音の代わりに泣いてくれているだけだろ。優しいじゃん。流石おまえの子」

「だから子じゃないし、何よ、わたしの代わりに泣くって」

「いいんだよ。泣くのが下手な親の代わりに泣いてやるのも子の愛情ってやつだよ」

言い終わると一臣は、もう一度体を屈め、今度はとても一瞬だけのキスをした。

「花音」

「……何？」

「……もう、息してないよ、こいつ」


ファンデーション、アイシャドウ、マスカラ、チーク、リップグロス。

敷き布団の上には、さっきまでばらまかれていた人面瘡から抜け落ちた歯の代わりに、今度はカラフルなコスメがばらまかれている。

「とりあえず、傍から見てると凄い構図だけどな。腹踊りの顔を自分で派手にペインティングしながら号泣する人、みたいになってるぞ。花音」

「うるさいな、そんなこと言ったらあんたなんか、腹踊りのメイクの下書きにキスしたただの変態みたいなもんだからね」

昨日あれだけ綺麗になったのだからと、死化粧のつもりで花音が息絶えた人面瘡に施したメイクは、老いた顔にもなかなかによく映えた。艶と彩りの増したその顔は、銀幕の中で死にゆくかつての昭和の大スターのような趣さえ感じさせた。

「おお、大女優みたいな貫禄《かんろく》が出た」

記念に一枚、とスマホのカメラを腹に向けた一臣を一発殴って、花音はもう一度人面瘡を見つめた。

その、綺麗な死に顔の上に、花音の涙がぽろぽろと落ちかかる。

なぜ今、こんなにも自分が泣いているのか、彼女自身にもよくわからなかった。

「せっかくのメイク、取れちゃうじゃん。そんなに泣いたら」と言って一臣が指先で軽く、腹の顔の濡れたアイラインの辺りを拭った。

「しかしあれだよなー、このまま老女の死に顔が腹にくっついたままだったら、これまでよりさらにホラー感増すけど。おまえこれからどうすんの」

「……新しい仕事見つけて金貯《た》めて、レーザー治療かな。現実的な話。消えるかどうかわかんないし、そもそもこんな治療って受けてもらえるのかも謎だけど。駄目ならハリウッド的特殊メイクで肌隠す方法でも習うわ……。あ、ねえ一臣」

「何？」

「これ……」

この子、この人、この顔。どういう言い方が適切なのかわからなくて、彼女は少し口ごもった。

「……少女から老女って、熟女期すっ飛ばしちゃってたけれど。なんでだろう」

「ああ、……もう必要なかったんじゃないの」

「必要？　なんで」

「いや、なんとなく」

ほら、と一臣はうっすらと溶けた化粧のついた指で、腹の顔を指差す。

「多分、レーザーも必要なさそうだな。もう」

化粧の取れた目の辺り、肌の質感は老いてもくっきりとした二重まぶたと長い睫毛の生えていたそこが、うっすらと、じわじわと、その「顔」の気配を消し始めていた。


翌朝。跡形も残さず人面瘡は消えていた。

なんとなく捨てるのにしのびなくて集めておいた、抜け落ちた歯もすべて、蒸発したかのように消え去っていた。

この約十日ほどの間に、いきなり現れていきなり消えた「顔」は一体何だったのだろう、と考えてみても、自分の頭で納得のいく答えが出せるわけもなく。

生まれた「質問」には、いつかどこかから「回答」が返ってくるのなら。

その答えが返ってくるのを、ただ楽しみに待っているというのも、面白いかもしれないなと花音は小さく笑う。

今日は、花音の誕生日当日であり、母の命日当日でもある。

花音はそっと布団を抜け出して、台所に立ってみた。朝六時。父はまだ寝ている。

一臣は、流石にこれ以上は研究室を抜けられない、と昨日は泊まらずに帰っていった。

だから、みっつでいい。

小さな片手鍋に水を張り、コンロのスイッチをひねる。

ＩＨ化などされていない古ぼけたコンロは、じじじじっと音を立てて、すぐに小さく火が点いた。

条件反射のように、花音の体は少し強張る。

あせらない。あせらない。換気扇の回る音を聞きながら、花音は冷蔵庫を開けた。

ラップをかけたケーキの残りと、母の仏前から下げた一皿分が並んでいるその中に、そっと手を伸ばす。

一時間後。

「おはよう、花音。……え？」

のそのそと起きてきた父が、食卓に並んだゆでたまごと炊きたてご飯のおにぎりを見て、目を見開いた。

「あ、ちょっと待ってね、お母さんにこれあげてくる」

そんな父の横をすり抜けて、花音は初めて自宅の台所で火を使って作った朝食を、仏壇の前に運ぶ。

「お母さん、おはよう、ごはんだよ……。お塩は、今日は普通のしかないけど」

手を合わせて目を閉じた花音の中で、遠い母の声がふと浮かんだ。

『——ゆでたまご専用のお塩っていうのを見つけたの。桜とかゆずとか、かわいくない？』

『あ、ねえねえ花音。お母さん、ちょっと料理の腕上がったから、今度お弁当持ってみんなでどこか出かけようよ。そのときにこれ、持って行こう。お父さんも、ゆでたまごが大好きだから、きっと——』

花音はそっと目を開いた。

黒い花器に生けられた白い百合が、甘く香る。

襖の向こうから、父の嗚咽《おえつ》がかすかに聞こえる。

「次に帰ってくるときまでに、桜とゆずのお塩、探しておくよ」

――だから、みんなでどこか出かけようね。お弁当を持って。

「まさか花音の手料理が食える日が来るとは思わなかった。とりあえず胃薬を買ってくる」

里帰りを終えてアパートに帰ってきた花音が、小さなキッチンの前に立つ姿を見て、そう呟いた一臣に、彼女はきれいな飛び蹴りを決めた。痛い、と転がる従兄弟を尻目に、小さなローテーブルの上に目玉焼きの入った皿を並べる。

火を使う練習がてら、オーブンレンジではなく魚焼きグリルで焼いてみたトーストを添えて、はちみつをボトルごとどん、牛乳を一リットルパックごとさらにどん、とその横に置いた。

「すげえ朝食感。今、夜の八時だけど」

「文句あるならいいよ食べなくて」

「いただきます」

醬油《しょうゆ》をかけた黄色い目玉をフォークで潰しながら、一臣は言った。

「そういえばおまえ、仕事に戻るの？」

「あー、マネージャーがこの腹を見て出禁を解いてくれるならね。あの怯えようだと可能性薄いんじゃないかと思ってたけど、どうやら上客さんからご指名が結構来ているみたいなんだよねえ。太い客がついているってこういうときに強いよね。それに、やっぱりさ」

「なに」

「この世界に母は必要かなって」

「ふーん」

「あ、でも、また人面瘡が復活したら今度こそ完璧に路頭に迷うから、この際本当に特殊メイクの勉強をしてみようかなって。腹もごまかせて手に職もつくし。資料も取り寄せたんだ」

「へー、面白そうじゃん。あとでその資料、見せてよ」

――あなたの願いも叶いますように。

縁側で、紳士のくれた言葉を思い出す。

あの突然現れて消えた人面瘡は、宿主の願いが叶うのを見届けに来たかのようだったな……と花音はちらりと思った。

「あっ」

目玉焼きをつつく手を止めて、花音は慌てて立ち上がった。

バッグの中をまさぐる。服のポケットを漁《あさ》る。洗濯カゴの中身をひっくり返してみる。

——小瓶が、どこにも見当たらない。

あのとき。母の死んだ昔の家の前で、中身は地面に振りまいたけれど、ガラス製のあの瓶はそこらに捨てるというわけにもいかず、きちんと持ち帰ったはずなのに。

「どうした」

「うん……。ええと」

あれをくれた本人の前であっさり「なくした」とは言いづらくて、花音は少し口ごもり、話題を探す。

「……ねえ」

「なに？」

「年をとると、忘れたいと思っていたこと自体を忘れるって聞いたんだけど。あの顔のことも、忘れたくないけれど忘れてしまう思い出、になるのかな」

「さあな」

そういえば、と一臣は突然何かを思い出したように、ぷっと笑った。

「あの人面瘡の美少女期の画像データ、おれの愛読しているオカルト雑誌に早速送ってみたんだけどさ。ただの腹踊りメイクの写真だと思われたらしくて、見事に掲載断られた」

「本当に、あんたが消えればよかったのに」

雨の香りのする場所へ

小さく小さく、水の湧く音が響いている。

月のない夜はなおいっそう、音や香りの存在を際立たせる。

それでも、辺りに細くこぼれ落ちる街灯の光を受けて、透き通る水辺が密やかにきらめく。

ふんわりと丸い小さな草花が、夜の風に吹かれてその首を揺らす。

真っ白なうさぎが、ふと顔を上げた。

「はい、ご苦労様でした」

肌の老いた大きな手が、そのうさぎの口元に伸びる。

うさぎの口からその手の中にぽとり、と落とされたのは、もう中身の入っていないガラスの小瓶。

『あなたの願いも叶いますように』

あの日、困った様子でここを訪れたお嬢さんに、うさぎを抱かせて言った台詞に嘘はないのだけれど。

なぜなら、それはもう既に。

「——波子さん」

私は小瓶をそっと手のひらで包み込んだ。

「これでいいんですよね」

体温であたためられた小瓶から、うっすらと馴染み深い香りが立つ。

彼女の愛した、草花の香りが。

彼女が「この世界が幸せであること」という、どこまでも自分勝手な願いを託した、その香りが。

「……次は、ああ、少し雨の香りがする場所に行くことになるみたいですね」

彼女を止めることができず、そして彼女に置いていかれてしまった者同士である、白く小さな相棒と私は、遺されたこの香油とともに、次の季節へと向かう準備を始めるのだ。

波子さんの願いが、いつの時代も、この先の未来もずっと、遂行され続けることを見守るために。

第二・五話　きっと最初に願ったものは――柾夫妻の場合

「波子さんは、何が欲しいですか？」

欲しいものは世界

はー、くしょん！

庭先から、今日も派手なくしゃみが聞こえる。

平は読んでいた新聞から顔を上げ、縁側の向こうを見やる。

日曜日。春を迎え、若葉が勢いよく生い茂るささやかな庭に、ぶかぶかのジーンズ——庭仕事用にしていた、平のお下がりの男物——を穿いて、しゃがみ込んでいる妻の姿が見える。

時は一九六二年。柾平は妻の波子と結婚したばかりだった。学生時代に、とある大きなイベントでたまたま隣り合わせた。それが出会いだった。

運命なんて、自分の周りに神様からどういう転がされ方をしているかわからない。

あのとき、友人に誘われてあの場所に行かなかったら。行った時間がずれていたら。

もう少し違う場所から、そのイベントを眺めることになっていたら。

果たして、こんな幸せな時間を、自分は手に入れることができていただろうか。

そう思って改めて見る妻の姿は、出会った頃と変わらず華奢だ。肩口より少し長い艶のある黒髪は、流行りのパーマネントがかけられることもなく、無造作に首の後ろで一本にまとめられている。化粧品店の販売員として店頭に立つときに、商品の色見本になるからと、自分の爪を一本ずつ、いつも違う色のマニキュアで染めていて、今朝はそれをまだ落としていないのだろう、花に触れようと手を伸ばした小さな指先は、辺りに咲く花に負けないくらいに色とりどりに華やいでいた。

「春先になるとくしゃみがひどくなる」と出会った頃から言ってはいたが、たしかに今年は一段とそのくしゃみの仕方がひどい。鼻風邪にしてもこんなに長く引き続けることがあるのだろうかと、流石に心配になり病院での診察を勧めたが、「何回診察受けても結局原因がわからないって言われるんだよね」と軽くいなされてしまった。

それにしても。そんなにくしゃみを連発する割に、今日の彼女は少し薄着なのではないだろうか。心配になった平は、自分の羽織っていた黒のカーディガンを脱ぐと、それを手に庭へ下りた。

四月の日差しは、思ったよりもあたたかいが、それでも時折吹き抜ける風は、山に近いせいもあるのか、まだかなり冷たい。

「波子さん、風邪ひきますよ」

そう言って、草花を摘む妻の肩にカーディガンをかけると、彼女は「うわ、あったかい」と笑いながら、こちらを振り仰いだ。

その鼻先とほっぺた、おでこの真ん中が少し赤くて「また日焼け止めを塗らないで庭に出ましたね」と平が言うと、「あ、うっかりしてた」と波子は笑った。

「綺麗な花ですね。なんていう花なんですか、それ」

波子は植物にとても詳しいが、平は正直なところあまりそれらに興味がなく、彼女からそれぞれの名前を聞いても殆ど覚えられない。「もー、前も教えたよー」と言われて、ちょっと頭を掻く。

植物のことは覚えられないのだけれど。

大好きな植物について語るときの波子の笑顔は、何度でも見たい。

そんなことを本人に直接言ったら、流石に気持ち悪がられるかなと思い、実際に言ったことはないのだけれど。

四月に咲くその花について、説明を始めた波子の隣に平もしゃがみ込む。

この姿勢でずっといるのは、結構腰が辛そうだけれど、大好きな草花と向き合っているときは、そんな辛さなんか忘れてしまうものなのかもしれない……と、今日も最高の笑顔を惜しみなく見せてくれる大切な妻に見惚れながら、思っていると。

「あー！　もうジビエ、その花食べちゃ駄目だってば。せっかく摘んだのに」

妻はそう叫ぶと、慌てたように傍らから何かを抱き上げる。

それは白くてふわふわとした、小さな子うさぎだった。

「またそいつ、来てたんですね。それより」

そいつの名前は「ジビエ」で確定なんですね、と平は思わず笑いをこぼす。

「だってまたいつか、食糧難のときが来たら、この子食べてでも生き延びなきゃ。だから情けは無用。この子は食料。非常食」

戦争が終わったのは、自分たちがまだ本当に子供の頃だ。そこまで食べ物で苦労した記憶を実際に持つのは親世代までである。そこからのこの国の復興の仕方は凄まじく、今では爽やかなアイビールックの男子学生と、明るい色で丈の短いスカートを穿いた女子学生が、キラキラとした笑顔で街を歩いている。

だから、波子のその台詞がどこまで冗談でどこまで本気なのかはわからないが。

「……でも、そいつ食べたらお腹壊しそうですよ?」

この家に越してきて以来、いつの間にか姿を現すようになった白い子うさぎ……のような「何か」は、今日の春の日差しに照らされても、その足元に本来なら必ずあるはずの「影」を全く作ることなく、波子の周りを小さな毛玉のように転がっては草を食んでいる。

「そうかなあ、やっぱり……」

さて、ちょっと休憩しようかな。そう言って、波子はゆっくりと立ち上がった。

平も立ち上がると、波子の摘んだ草花の入ったカゴを手に持ち、二人で縁側に向かう。

腰掛けた波子の足元で、白い子うさぎのような「何か」……波子曰く「ジビエ」が、その丸くて短い前脚をうんと伸ばして、まるで「抱き上げろ」とでも言わんばかりのアピールをしている。波子は素直に抱き上げ、膝の上にそれを置いた。

波子の腹にぴたりとくっつき、すぐに体を丸めて眠るような仕草を見せるそれに、「いつかおまえさんを食うかもしれない相手に、警戒心のないことだな……」と思いながら、平は隣で穏やかな空気を醸し出している妻と「非常食」のコンビに、軽く笑いを嚙み殺した。そんな彼に、

「あのね、平くん」

波子は、膝の上のうさぎをそっと撫でながら、言った。

「実は、子供ができました」

「コドモ」

「はい」

「……こどもって、あの『子供』？」

「はい。その『子供』」

子供。

口の中で繰り返した、声にならないその言葉が。——不意に。

「……え、なんで泣いてるの!? どうしよう平くん、どっか痛い? それともそんなにお父さんになるの嫌!?」

「いや、そうじゃなくて」

自分でもびっくりした。

己の意思に反して目から噴き出した涙を、慌てて手の甲で拭う。

子供。

なんだか突然すぎて実感が湧かない。

この庭を、自分と波子に少しずつ似た、小さい人間が走り回る。

そんな。

「そんな、幸せがどんどん増えてもいいんだろうか……」

思わず口からそんな言葉が小さくこぼれた。

聞き取れなかったのだろう、「え?」と聞き返した波子をそうっと抱きしめる。その体の中にいるはずの、小さな子をびっくりさせないように。

彼女の膝の上で、うさぎはまだ平和な顔をして寝息を立てている。

「波子さんは、なんでも僕にくれる」

「え、私、平くんに特別に何かあげたことなんかあったっけ?」

この間もどら焼き、私が二つ食べちゃったしと首を傾げる彼女の笑顔に、自分が彼女に与えてあげられるものがあるなら、そのすべてをあげたいと平は強く願った。

「波子さんは、何が欲しいですか」

「何？　えーなんだろう。ああ、強いて言うなら」

——私の周りの女の子たちが、みんな幸せな世界かな。

「相変わらずの女の子贔屓《びいき》ですね」

「だから化粧品屋さんになったんだもん。でも最近は男の子も来るのよ。人目を気にして、とかだけじゃなくて、自分を楽しませるためにお化粧品を使う子たちが増えてきて、なんだか私、この先の日本の未来が凄く楽しみ」

しかし。よりによって欲しいものが「世界」か。世界をあげる、となると自分は何をすればいいんだろう。

そんな平の心の声が聞こえたかのように。

——それは、これからゆっくり考えていこうよ、二人で。

平の腕の中から波子が、最強の笑顔でにこりとこちらを見上げた。直後。

「……うわ、ごめーん……鼻水がー……」

平の胸元に向かって、思いっきりくしゃみをした彼女は、情けない顔でそう言った。

参考資料

『眠れる美女』　川端康成・著

『星へ行く船シリーズ3　カレンダー・ガール』　新井素子・著